Inga Machel

Auf den Gleisen

Roman

Rowohlt

Originalausgabe
Veröffentlicht im Rowohlt Verlag, Hamburg, Februar 2024

Satz aus der Bennet bei hanseatenSatz-bremen, Bremen
Druck und Bindung GGP Media GmbH, Pößneck
ISBN 978-3-498-00342-5

Forget the dead you've left, they will not follow you /
Strike another match, go start anew

Bob Dylan, *It's All Over Now, Baby Blue*

Bleibe bei uns; denn es will Abend werden

Lukas 24, 29

(...), daß es einen Ort geben könnte für Leute wie uns.

Denis Johnson, *Beverly Home*

Ich dachte, ich müsste jemanden umbringen. Als würde der Tod meines Vaters unausweichlich einen Gegentod erfordern. Eine Gegenleiche. Wie im Alten Testament. Nicht, weil ich an sowas wie Gerechtigkeit glaube. Ich dachte nicht, weil mein Vater tot war, dürften bestimmte Leute, denen ich die Schuld daran gab, auch nicht weiterleben. Mutter, ihre verblödeten Geschwister, die Familie meines Vaters und seine selbstbezogenen Freunde, die Ärzte und Ärztinnen, die unerklärliche Entscheidungen getroffen, die sein Gehirn aufgeweicht und ihn dann in einem Horror von einem Zustand mit einer Plastiktüte voller Tabletten zurück nach Hause geschickt hatten. Ich selbst. Und auch Ron.

Ich dachte nicht, jemanden zu töten würde irgendwas retten, ins Gleichgewicht bringen oder besser machen. Es war nicht so, dass ich mir etwas davon versprach. Aber in mir war diese schmerzhafte Ansammlung, diese Zusammenrottung von Gewalt, die jeglichen Frieden ausgelöscht hatte, und ich konnte mir nicht vorstellen, dass es möglich wäre, damit zu leben, ohne im Knast zu landen.

Es hatte von meinem Vater keinen toten Körper gegeben. Was man von ihm fand, habe ich nie gesehen und kann ich mir nicht vorstellen, im Internet habe ich erfolglos nach vergleichbaren Bildern gesucht. Ich schätze, es handelte sich um blutige Stücke und Fetzen. Ob es das war, was eingeäschert worden war, was sich in der Urne befunden hatte, die in der hintersten Ecke des Friedhofs in Zollfeldt direkt neben dem Maschendrahtzaun vergraben wurde, weiß ich nicht, und ich habe nie jemanden danach gefragt.

Etwa zwei Wochen vor der Beisetzung lagen Ron und ich im Zimmer, das erst ihm und nachdem er ausgezogen war, mir gehört hatte und das davor das *kalte Zimmer* gewesen war, weil es neben der Vorratskammer als einziges rechts vom großen Flur abging, und deshalb wurde dort nicht geheizt. Wir lagen auf den großen braunen Sofakissen, die am Boden zu einer Unterlage zusammengeschoben waren, was unser Bett für die Nacht sein sollte. Ich hatte ein kleines Bier getrunken. Wir redeten ein bisschen, ich weiß nicht mehr, worüber. Wir weinten auch, aber ich weiß nicht, wie lange. In meiner Erinnerung gab es damals keine Zeit.

Und dann war auf einmal Vater da. Nicht mit uns in diesem Raum, nicht so, dass ich ihn sehen oder anfassen konnte, aber in einer Tiefe oder Ferne, die unendlich und dunkel war, als würde von dem Raum, in dem wir waren, eine Verbindung, eine höllische Schleuse dorthin führen, wo er sich befand, oder er befand sich in der Schleuse selbst und wollte alleine nicht weiter.

Er wollte, dass ich mitkam. Er bat mich nicht oder

fragte, sondern zerrte an mir, er riss mich mit aller Kraft, die nicht seine Kraft, sondern vielleicht die Kraft des Todes war, in seine Richtung. Ein übermächtiger nachtschwarzer Strom. Und obwohl es keinen Ort hätte geben können, zu dem ich mich mehr hinsehnte, zu dem ich mehr hinwollte in diesem Moment, sträubte ich mich. Ich wollte bei ihm sein, aber ich wollte nicht mit ihm sterben. Ich wollte ihn beschützen, ihn festhalten, ihn nicht alleine weggehen lassen in dieses Nichts oder diese Unterwelt, aber ich wollte nicht sterben. Es zerriss mich. Ich schüttelte mich und schrie.

Und dann hörte ich Ron, der mich anbrüllte, ich solle aufhören. Er saß auf mir und drückte mich in die Kissen, als würden wir kämpfen. Ich wusste nicht, was er von mir wollte, ich nahm ihn nur wahr wie in einem Traum, aber als er anfing, mir ins Gesicht zu schlagen, verschwand mein Vater. Mein Vater ließ mich los oder ich ihn, das kann ich nicht sicher sagen, nur dass ich schließlich schlaff dalag, in diesem verlassenen Körper, und mich wie ein Ungeheuer fühlte. Und dass es lange Zeit so blieb.

Alle Fotos, die ich von meinem Vater habe, befinden sich in einem braunen Umschlag, der neben Briefen und Postkarten von ihm, einem kleinen gefalteten Info-Blatt für Besucher des Benjamin-Franklin-Campus der Charité und meinem ersten Tagebuch in der Schublade einer kleinen Kommode liegt, für die es ansonsten keinen Nutzen gibt. Es sind Schwarz-Weiß- und Farbfotos aus verschiedenen Jahrzehnten, und es ist auch eins von seinem Grab dabei, das seine Schwester am ersten

Todestag gemacht und mir dann per Post geschickt hatte. Warum, weiß ich nicht.

Die Fotos in der Reihenfolge, in der sie in den Händen liegen, wenn man sie aus dem Umschlag holt:

Mein Vater, der mich auf seinem rechten Arm hält, er Mitte zwanzig, ich maximal fünf Monate alt. Er sieht mich strahlend an, mein Blick ist leer, als könnte ich noch nicht sehen. Seine schwarzen Haare haben einen seidigen Glanz. Er steht im Garten seiner Eltern, Apfelbäume im Hintergrund.

Meine Eltern in unserem Garten in Zollfeldt. An einem Tisch sitzend, auf dem Flaschen und ein Behälter mit Grillfleisch, Teller und Gläser stehen. Es liegen eine angeschnittene Melone und zwei Schachteln Zigaretten da, die von Mutter und meine. Es war der Sommer, in dem ich Abitur machte und dann wegzog. Auf dem Foto sehen beide satt und unzufrieden aus, Mutter, die nicht in die Kamera guckt, mehr noch als mein Vater, der sagen zu wollen scheint: *Ach, Mario*. Oder: *Ach, scheiße*.

Vater vor einem Weihnachtsbaum, auf seinem linken Bein sitzt Ron, auf dem rechten sitze ich. Mein erstes Weihnachten. Die Tapete hat ein Blumenmuster. Vater und Ron sind ganz blass, aber lächeln, während ich das vermutlich noch nicht kann.

Ron, Vater, mein Cousin David und ich vor dem Querschnitt eines Stahlträgers der Golden Gate Bridge in San Francisco. Ende der Neunziger. Mein Vater lächelt abgemüht, hat die Arme verschränkt und trägt eine bunt gestreifte Jeans. Er reiste nach diesem Urlaub nie mehr weiter als bis zur Ostsee.

Wieder San Francisco. Meine Eltern auf einer Treppe vor einem Gebäude stehend. Mutter, die seinen Arm festhält, eine Stufe höher als mein Vater.

Vater, Ron und ich in der dunklen Flughafenhalle von London Heathrow. Wieder das abgemühte Lächeln meines Vaters.

Mutter, Ron, der mir in den Schritt greift, und Vater, auf einem Parkplatz am Abend meines Abi-Balls.

Ron, Vater und unser Hund Axel vor der offenen Haustür im Hof. Ron, mit Nulltarif-Hornbrille und fester Zahnspange, schält Kartoffeln. Mein Vater in einem T-Shirt mit der Aufschrift PARIS. Er lächelt katalogtauglich, Ron unsicher in die Kamera. Etwa zwei Jahre später zog Ron aus, und irgendwann danach hatte er das Foto zerrissen, aber ich habe es mit Tesafilm wieder zusammengeklebt.

Ron, ich mit einem Blumenstrauß in der Hand, mein Vater und Mutter, wir alle vor der Kirche stehend, in der ich eine halbe Stunde vorher konfirmiert worden bin. Mutter mit offenem Mund.

Mutters Geschwister und ihre Kinder, meine Großeltern, mein Patenonkel und seine Frau, Ron, ich im Konfirmationsanzug und mein Vater mit verschobenem Gesicht, fluchend, weil immer noch Leute fürs Gruppenfoto fehlen. Alle in unserem Garten, vor einem sich zuziehenden Himmel, ich schwer betrunken.

Mein Vater vor einem Strandkorb, vielleicht zwanzig Jahre alt. Ein ungläubiges Lächeln, den Blick heraus aus dem Bild, vom Wind verwehte Haare. Das Foto habe ich vergrößern lassen. Es steht gegen die Wand gelehnt auf dem Boden meines Schlafzimmers.

Mutter und ihre Mutter, Vater und seine Eltern, fürs Foto nah beieinander im gepflasterten Hof stehend. Im Hintergrund unter dem Carport der weiße Seat Cordoba.

Vater, der zusammengesunken auf der Sofakante im Wohnzimmer seiner Eltern sitzt, und seine Schwester, die hinter ihm steht und ihn frisiert. Der Kopf meines Vaters, wie es aussieht, schwer in seinen eigenen Händen. Er starrt vor sich ins Nichts. Ich weiß von ihm selbst, dass das am Tag seiner Hochzeit mit Mutter war. Und dass seine Schwester unentwegt gesagt habe, er mache den Fehler seines Lebens.

Meine Eltern, beide lachen, vor einer an die Wohnzimmerschrankwand gehängten, mit Sonnenblumen bedruckten Papiertischdecke. Mutters Hand liegt auf Vaters Schulter. Er trägt seine Brille. Ein Foto aus einer ganzen Reihe, die ich gemacht hatte, weil ich mich um die Einladungskarten für ihre Silberhochzeitsfeier kümmern sollte.

Ron, seine Freundin, ich mit ihrer gemeinsamen Tochter Elli auf dem Arm, und mein Vater, eine Hand auf ihren Kopf haltend. Dahinter Mutter und meine damalige Freundin. Wir alle geblendet von der Sonne.

Vater, der aus dem Garten in den Hof kommt, zwei Zucchini und zwei Tomaten in den Händen haltend. Lachend.

Mein Vater am selben Tag. Auch hier lacht er, während er, auf einen Ellenbogen gestützt, in meinem Bett liegt, und ich versuche für meine Abiturprüfungen zu lernen. Nach meiner letzten Prüfung, Psychologie mündlich, Thema Suizid, fünfzehn Punkte, schenkte er mir einen großen Strauß voller Gerbera, und ich fuhr zu einem Festival, wo ich mich für drei Tage in Folge abschoss.

Ron und ich, vor einem Weihnachtsbaum, geschminkt als Clowns. Er etwa acht, ich drei oder vier Jahre alt. Er lächelt nicht, und ich übe zu lächeln. Ich weiß noch, ich dachte, es ginge darum, dass alle meine Zähne zu sehen wären. Es ist eins von zwei Fotos im braunen Umschlag, auf denen mein Vater gar nicht zu sehen ist, aber mit großer Wahrscheinlichkeit war er es, der beide gemacht hatte. Das zweite Foto, direkt dahinter, zeigt Mutter, nackt auf der Toilette sitzend. Das alte Badezimmer in Zollfeldt. Sie hält einen Topf in der Hand, aus dem sie gerade etwas isst, sie sieht krank oder betrunken aus, zwanzig Jahre älter, als sie zu dem Zeitpunkt gewesen sein kann. Ich, vielleicht sechs, in einem türkisfarbenen T-Shirt und Schlüpfer, stehe im Türrahmen, die Hände vor dem Schoß, und sehe sie an.

Vier Personen und mein Vater, alle wie hingeworfen auf ein Ecksofa, über ihnen eine Girlande, vor ihnen auf einem Tisch Gläser und Flaschen. Mein Vater trägt ein kegelförmiges Partyhütchen. Wohl die Zeit in Altbrietzen, in der er Laborant wurde.

Mein Vater, wieder um die zwanzig, in einer Kneipe sitzend. Sein Gesicht ist überbelichtet, aber man kann erkennen, dass er eine Grimasse schneidet und schielt. Im Hintergrund Mutter und andere, sprechend und trinkend.

Mein Vater, laut digitaler Datumsanzeige am unteren rechten Bildrand, mit siebenunddreißig. Auf einem Sandweg stehend, hinter ihm eine grüne Düne, auf der

Schafe grasen. Ich glaube, in Ostfriesland. Mein Vater lächelt in die Kamera, als sei er sowas wie glücklich.

Der Rücken meines Vaters, ein wenig von Kopf und Gesicht, der rechte Kiefer. In meinem früheren Zimmer. Wieder um die Abi-Zeit herum.

Mein Vater im Licht der hinter den Tannen untergehenden Sonne in unserem Garten, während er ein rotes Spannbettlaken über die Wäscheleine hängt.

Noch einmal an der Golden Gate Bridge. Ich, David und Ron nah beieinanderstehend, mein Vater zehn Meter weiter weg, wieder oder immer noch mit verschränkten Armen.

Mein Vater und vor ihm ich, in der Badewanne sitzend, umgeben von Schaum. Wieder das alte Badezimmer. Ich bin etwa fünf und habe weißblonde Haare. Mein Vater hält mit beiden Händen einen Waschlappen, und auf seiner gebräunten Haut sieht man den Abdruck des Unterhemds, das er immer trug. Er lächelt ein bisschen schief, ich grinse in die Kamera. Am Wannenrand liegt ein rosafarbener Seifenhalter aus Plastik in Form eines Fisches.

Das Gesicht meines Vaters in Großaufnahme. Er blickt lachend über seine linke Schulter. Auch ein Foto, das für die Einladungskarten zur Silberhochzeit entstanden war. Ich erinnere mich, dass er es unangenehm fand, zu posieren, aber sein Lachen auf dem Foto war echt, weil ich einen bescheuerten Witz gemacht hatte.

Ein Passfoto meines Vaters, schwarz-weiß mit welligen Kanten. Er ist etwa sechzehn, ein erwartungsvolles, aber kontrolliertes Lächeln. Er trägt einen hellen Rollkragen-, darüber einen Strickpullover und einen schiefen Pony, den er sich selbst geschnitten hatte. Er hat noch keinen Bart, nur ein dunkler Flaum bedeckt seine Oberlippe, aber seine grauen Augen sehen schon genauso aus, wie ich sie später kennen würde.

Drei Fotos, auf denen mein Vater, vermutlich bei einer Familienfeier, an einem gedeckten Tisch sitzt, isst und trinkt. Auf dem ersten Foto hält er eine halbierte saure Gurke in der einen, eine Scheibe Brot, die er sich in den Mund steckt, in der anderen Hand. Auf dem zweiten ein belegtes Brötchen. Auf dem dritten ein Bierglas. Er trägt den Ehering, zu diesem Zeitpunkt sicher erst seit Kurzem.

Ron, Mutter und mein Vater, in einer Reihe, auf rot gepolsterten Stühlen, umgeben von weiteren Menschen auf weiteren Stühlen. Mein Abi-Ball. Mutter wie so oft mit offenem Mund. Ron ganz weiß und als wäre er gern unsichtbar. Vater lächelnd und stolz. Weil ich zu den besten des Jahrgangs gehörte, wurde mir auf der Bühne eine Armbanduhr überreicht, auf dessen Ziffernblatt silbrig das historische Schulgebäude zu sehen war. Ich wollte sie nicht tragen, stattdessen hat mein Vater es dann getan. Ich glaube, es war seine letzte Uhr.

Ron und, zehn Meter weiter weg, Vater und ich, an einem Steinstrand im Nordwesten Frankreichs. Ron etwa fünfzehn, eine Plastiktüte in der Hand, mit dem Rücken zur Kamera, aber trotzdem hineinblickend. Vater und ich mit dem Rücken zum Meer, aneinandergelehnt. Wir alle tragen karierte Hemden in verschiedenen Farben.

Mein Vater auf dem mit bestickten Kissen dekorierten Sofa im Wohnzimmer seiner Eltern, und auf dem

Bauch, zwischen seinen zwei eingegipsten Armen liegend, Ron, höchstens ein paar Tage alt. Ron hat mal gesagt, er könne sich vorstellen, Vaters Autounfall wäre eigentlich ein Selbstmordversuch gewesen. Genauso einer wie zum Beispiel kurz nach meiner Geburt, als er während eines Besuchs bei Mutters Eltern nachts den Kopf in den Backofen des Gasherdes gesteckt hätte. Er lächelt in die Kamera.

Mein Vater, ich und Mutter. Die Hälfte des Fotos eingenommen vom Blau der Plastikdecke auf dem Gartentisch, auf dem die Kamera stand, deren Selbstauslöser aktiviert war. Der Mund meines Vaters ganz schief, wahrscheinlich, weil er gerade etwas sagt. Ich grinse breit, Mutter senkt angestrengt den Kopf zur Brust, um mit aufs Bild zu passen.

Das Hochzeitsfoto meiner Eltern. Links und rechts von ihnen jeweils ihre eigenen Eltern, in der Mitte Mutter in einem gardinenartigen Kleid, mit dem einen Arm einen Strauß, mit dem anderen den Arm meines Vaters haltend, der neben ihr steht. Beide haben in etwa die gleiche Frisur, schulterlanges Haar, in der Mitte gescheitelt, geföhnte Außenwellen. Bis auf den Vater meines Vaters, der zeit seines Lebens für jedes Foto, das von ihm gemacht wurde, das exakt gleiche, förmlich versteinerte Lächeln auflegte, lächelt auf dem Bild niemand.

Der neunte Geburtstag von Ron. Am mit dem braunen Geschirr gedeckten Kaffeetisch er selbst, die beiden Brüder aus seiner Klasse, die immer nur *die Zwillinge* genannt wurden, und Torben, der eine Zeit lang Rons bester Freund war. Außerdem Vater und auch ich, im Glauben, es würde sich um meinen eigenen Geburtstag handeln. Die Kerzen auf dem Kuchen brennen, Ron sieht glücklich und aufgeregt aus. Seine und Vaters Augen sind weit geöffnet. Alle lächeln.

Vater, sepiafarben, die Hände in die Hüften gestützt, aus dem Bild und zu jemandem blickend, mit dem er sich, wie es aussieht, gerade unterhält, den er fragt, ob ihm die Kleidung stehe, die er trägt – einen Pullover aus Nicki-Stoff und eine dunkle Jeans.

Vater an einer Tafel sitzend, längeres Haar, das er gerade mit beiden Händen glatt streicht. Ein Glas Weißwein oder Wasser vor sich, der Hintergrund dunkel, nur sein lächelndes Gesicht, das ganz hell ist.

Mein Vater mit vierunddreißig, in unserem Garten. Er trägt einen grauen Rollkragenpullover und hält eine Flasche Krombacher, die er halb zum Mund, halb zur Kamera hebt. Sein Gesicht befindet sich exakt in der Mitte des Fotos. Ein beinahe unterdrücktes Lächeln. Er sieht wunderschön aus, wie der Vater meiner Kindheit, den ich am deutlichsten erinnere. So zog er mich groß.

Mein Vater mit einem seiner engeren Freunde auf einer Bank sitzend, womöglich im Berliner Tierpark. Beide scheinen sich etwas anzusehen. Mein Vater befeuchtet mit der Zunge die Lippen, seine Hände halten einander im Schoß der übereinandergeschlagenen Beine.

Elli, Rons Tochter, mit etwa zweieinhalb auf dem Kindersitz, und ich vor ihr auf dem Fahrrad. Mein Vater hinter uns im Bild. Wir alle auf dem Kopfsteinpflaster in Zollfeldt, auf dem Weg ans andere Dorfende, um

Vaters Mutter zu besuchen. Mein Vater blickt links aus dem Bild wie jemandem entgegen, Elli mit Sturzhelm hält sich am Sitz fest, ich, in einem meiner viel zu kleinen alten Kinder-T-Shirts mit Meeresschildkrötenaufdruck, schneide eine Grimasse. Es war wohl der Sommer, bevor es meinem Vater dann immer schlechter ging. Oder der Sommer davor.

Einige der Fotos hatte ich selbst gemacht, mit einer roten Automatikkamera, die ich zum zwölften Geburtstag geschenkt bekommen hatte und die ich dann zehn Jahre lang benutzte. Dass darüber hinaus Bilder aus einer Zeit existieren, in der es mich noch gar nicht gegeben hat und die meinen Vater als eine Person zeigen, die also ein Leben ganz unabhängig von mir zu führen imstande gewesen war, dass es für mich zwar keine Welt ohne ihn geben kann, für ihn aber eine Welt ohne mich zweifellos gegeben hatte, dass Menschen ihn gekannt und erlebt hatten, wie ich ihn nie habe kennen und erleben können, warf mich, direkt nachdem er verschwunden war und ich die Fotos aus den Alben und Papiertaschen und kleinen hellblauen Pappschubern nahm, die sich in Zollfeldt hinter einer Tür der Schrankwand stapelten, vollständig um. Nicht nur im Sinne einer Kränkung und weil ich mich dumm und unwichtig fühlte, sondern auch, weil es ein grundlegend neuer Gedanke war, dass sein Leben vielleicht ganz anders und deutlich größer gewesen war, als meine beklemmend begrenzten Vorstellungen davon.

Jahrelang habe ich mir die Fotos nicht angesehen.

Was in der ersten Zeit nach dem Verschwinden meines Vaters passierte, kann ich, bis auf wenige Ausnahmen, nicht im Detail erinnern. Es waren meine Anfangsjahre in Berlin. Die besten Jahre, wie man sagt, ich war Mitte zwanzig.

Ich weiß, dass ich oft einfach irgendwo gelegen habe, auf Gehwegen, Hausdächern, Kneipenklos, in Clubecken, Parks, neben Frauen und Männern, nach deren Namen ich nicht gefragt hatte, neben Badewannen und Kühlschränken, neben meinem Bett. Abgestürzt und versunken in einen Zustand, der mir wie der Tod oder eine Vorstufe davon vorkam. In dem der Schmerz so absolut war, dass er nicht nur mich, sondern auch alles andere auszulöschen schien. Jegliche Existenz. Und ich fand, genau so war es richtig. Dieses leere Starren aus betrunkenen oder irgendwie anders zugedröhnten Augen auf den Asphalt, auf Fliesen, Teppiche und Tischplatten, in den Himmel oder in irgendjemandes Augen, die genauso betrunken oder zugedröhnt waren. Ich kannte ihn schon lange, aber damals kamen der Vollrausch und ich uns so nah, ich vertraute ihm quasi mein Leben an.

Ich gehe davon aus, dass ich auch mal ins Kino gegangen bin, zu Konzerten, Geburtstagspartys. Dass ich zu einem See oder ans Meer fuhr, Ron besuchte oder irgendwelche Bekannten in anderen Städten. Dass ich Moneyjobs für die Miete machte, es Hochsommer und Weihnachten gegeben hat. Bezeugen allerdings könnte ich es nicht. Ich lernte auch Niki kennen, irgendwann in dieser Zeit, aber wie und warum wir zusammenkamen, habe ich vergessen. Sie war noch nicht mal sechzehn, und ich brauchte eine Weile, um zu kapieren, wie krank das war.

Ich weiß, dass sich der Tod meines Vaters damals wie ein fremdes Organ in mir anfühlte, und ich spürte, es musste raus. Dass eine Schauspielerin in einem Film sagte: *Irgendwann sehen wir uns alle wieder,* und ich es sofort geglaubt habe. Die Details waren mir egal – wo, wann, auf welche Weise. Ich dachte, Hauptsache, es wäre irgendwie möglich, die Ewigkeit loszuwerden, und begann mir vorzustellen, der Tod wäre nur eine Phase, eine Geduldsprobe, eine Frage der Zeit.

Und dann traf ich P.

Ich wachte ohne Unterhose auf, aber in Vaters violett-weiß gestreiftem Pullover und in einer angetrockneten Lache aus Kotze. Der Filmriss der vergangenen Nacht schien so umfassend wie ein ganzes Leben. Der dämmrige Moment, in dem nichts, gar nichts anderes mehr als der Monolith des Brechreizes dagewesen war, ich beschlossen hatte, ihm nachzugeben und mich dann tot zu stellen, fiel zusammen mit dem Moment, in dem ich wieder zu Bewusstsein kam. Ich konnte mich daran erinnern, dass das Erbrochene dickflüssig und warm und dass irgendwas daran beruhigend gewesen war. Jetzt war es hart und kalt. Und ich trug Papas Pullover.

Es war der Pullover, in dem er noch vorhanden war, den er angehabt hatte, als ich ihn das letzte Mal sah, den er sich am Abend, bevor er sich hingelegt hatte, über den Kopf gezogen haben musste, ein letztes Mal Ausziehen und Hinlegen, und vielleicht hatte er das in diesem Moment gewusst. Der Pullover hatte nach ihm gerochen und war vollständig von seiner Haut durchdrungen gewesen.

Einen Moment lang fragte ich mich dumpf, ob es nicht ginge, den Pullover so weiterzutragen. Die Vorstellung, ihn waschen zu müssen, zusammen mit der Kotze die letzten Reste meines Vaters auszuspülen, selbst schuld daran zu sein, hielt ich nicht aus, es war, als würde der Gedanke daran mich abfackeln, und dabei sah ich an mir runter, unfähig zu entscheiden, ob ich diesem Brennvorgang im Grunde genommen zustimmte, oder ob ich ihn irgendwie aufhalten sollte, aber ganz egal zu welchem Schluss ich käme, meinen Vater verlor ich.

Und als ich sechs oder sieben war, sang er mir *Zwischen Jericho und Jerusalem* als Schlaflied vor, eins von vier Liedern, die er noch aus seiner eigenen Kindheit kannte, und schob, wenn ich danach immer noch weinte, die Hand auf der Bettdecke, die vom Kachelofen warm war, langsam hin und her, um mich zu trösten. Es half nicht, also ging er aus dem Zimmer, und dann, vielleicht eine halbe Stunde später, lag er selbst da und konnte nicht getröstet werden, auch auf sich allein gestellt. Neben sich die Frau, die er schlafen sah und hörte, den Geruch, den sie dabei verbreitete, das Nachthemd, das sie anhatte. Er fragte sich, wer sie war, ganz leise, denn sie sollte es nicht hören, schrieb etwas in sein Tagebuch, das ein Jahreskalender von 1992 war, stellte es zurück auf das Schränkchen neben dem Bett und starrte dann durch die geheizte Luft an die Decke, von wo aus zäh die Angstsätze runtersickerten, die das Leben über ihn ausgeschüttet hatte. So fantasierte ich es, vom Weinen erschöpft, während ich *auf dem Weg der Barmherzigkeit* in Schlaf und Traum abdriftete.

*

Von P.s Wohnung aus konnte man die Einflugschneise der Zugvögel beobachten, die direkt über der Minigolfanlage am Schäfersee verlief. Ich wusste das, weil ich in seiner Wohnung gewesen war und es selbst gesehen hatte.

Es war einer der letzten Februartage. P. verließ das Haus, kurz nachdem mir schlecht geworden war. Ich hatte vorgehabt, ihn abzuholen, den Vormittag so lange mit ihm mitzugehen, bis er sich irgendwo, vermutlich in der Birkenstraße, den ersten Schuss setzen würde, und dann in einem Internetcafé den Rest des Tages mit der Suche nach einem Job zu verbringen. Ich wartete eine Ritter Sport lang im Eingang zwei Häuser weiter, suchte nach bekannten Tags und las die Namen auf den Klingelschildern.

Als er schließlich aus der Tür trat, sah P. frisch und wach aus. Er hatte nasse Haare, trug die abgenutzte grüne Lederbomberjacke und zündete sich eine Fertigzigarette an. Vielleicht lag es an der Perspektive, aber ich hatte sogar den Eindruck, dass er lächelte.

Und dann lief ich, als P. nach links Richtung U-Bahn ging, nicht wie üblich mit ihm mit, sondern blieb stehen. Es war ein vollkommen neuer Reflex. Ich sah ihm nach, bis er ganz im Untergrund versunken war, rannte rüber zum Fenster seiner Wohnung, das wie immer offen stand, und stieg ein.

Der Raum war nicht grau, obwohl es mir von außen immer so vorgekommen war. Er leuchtete, denn die Sonne schien rein. Es lag viel rum und ich erkannte nicht, ob ich in einer Küche, in einem Klo oder einem Schlafzimmer stand. Es gab nur ein Zimmer, in dem P., wie es aussah, einfach alles tat.

Die Luft roch nach süßem Moder, nach Rauch und Zucker, und ich bildete mir ein, sie roch auch nach ihm. Auf der Matratze lag ein großes Frotteehandtuch, in einer Ecke türmten sich transparentgelbe Säcke, durch die Müll schimmerte. Am Ende des Raums gab es eine Kloschüssel und ein Waschbecken, auf dessen Rand ich einen schwarzen Kamm, ein Stück Seife, eine Zahnbürste, kleine Alupfännchen, eine Spritze und mehrere noch verpackte Kanülen erkannte. Darüber hing ein verdreckter dreiteiliger Spiegelschrank, in dem ich ein Gesicht sah, das wohl mein eigenes war. Am Boden darunter ein schwarzer Radiowecker. Der Schmutz überall schien alt und fest.

Eine ganze Zeit lang sah ich mich um, suchte nach Spuren oder Zeichen, nach Fotos, bestimmten Kleidungsstücken, einer bestimmten Ordnung, Handschrift, doch bis auf mich selbst gab es hier nichts, was mir bekannt vorkam. Keine Spiralen der Erinnerung zogen sich durch diesen Ort. Nichts fing an, sich zu bewegen. Ich war umgeben von seinen Dingen, den Kleidern, dem Klo, den Kippen, dem Fixzeug und Essensresten, seinem Schlafplatz, seinem Schweiß, und trotzdem war mir alles fremd. Ich fühlte mich nicht wie ein Eindringling, aber ich fühlte mich auch nicht zu Hause.

Ich betrachtete im Wechsel meine Handrücken und Handflächen. Irgendwann hatte es angefangen, dass ich die Hände meines Vaters in meinen eigenen wiedererkannte. Es gab ein erstes Mal, aber ich habe vergessen, in welcher Situation es war, nur dass ich, wie im vorletzten Winter, als Niki mir sagte, dass sie schwanger sei, plötzlich sowas fühlte wie Stolz, und das, obwohl wir das Kind ja nicht wollten und sie es dann auch wegmachen lassen hat. Die groben, rauen Hände meines Vaters wollte ich auch nicht, aber immer wenn ich sie jetzt sah, direkt vor mir, war es, als würden er und ich uns diese Hände teilen, die Struktur und die Farbe der Haut, die Form der Nägel, des Zeigefingers und den Übergang zwischen Ballen und Gelenk.

Ich fand eine Packung Toastbrot, nahm mir eine Scheibe und aß sie. Ich ging pissen. Ich setzte mich auf den Fußboden, lehnte mich an die tapezierte Wand, sah aus dem Fenster und rauchte Zigaretten.

Der Vogelschwarm zog als Eins geformt hinter dem Fenster vorüber, und irgendwie flog er direkt in mich rein. Ich sah die Tiere nicht einzeln, sondern als Strich, obwohl sie anscheinend gar nicht kommunizierten, oder keiner sich um den anderen kümmerte. Ich weiß nichts über das Sozialverhalten von Vögeln, aber was ich da sah, so schätzte ich, war der zwangsläufige Zusammenschluss einer Familie.

Die zweite Formation flog durchs Bild, dann noch eine und noch eine. Der Blick aus dem Fenster, Richtung See, Minigolfplatz und zu den weißen Plastiktischen, an denen Männer mit zerfurchten Gesichtern saßen und Bier tranken, bekam beinahe die Schönheit einer Aussicht. Es dauerte nicht lange, da sah ich den nächsten Schwarm und wieder einen, und schließlich sah ich die Vögel auch, wenn sie gerade nicht da waren, die vergangene und die zukünftige Familie als Schablone über dem leeren Himmel im Jetzt.

Ich überlegte, ob mich das zum Heulen bringen könnte, ob P. von den Vögeln wusste, ob ich ein Foto machen, ob ich mich betrinken sollte, ob es sich bei all dem hier um eine Metapher handelte und ob ich für immer genau so sitzen bleiben müsste, als mein Telefon klingelte und ich wie ins Gesicht geschlagen auf das Display starrte. 13:26 Uhr. Ron. Ohne nachzudenken, wies ich den Anruf ab.

Ich spürte nicht, dass ich noch atmete. Ich musste fliehen, ganz deutlich, aber ich wusste nicht sicher, wovor. Ein paar Sekunden lang saß ich so da. Der Boden unter mir schien unfassbar weich, aber weigerte sich, mich zu schlucken. Betäubt suchte ich nach einem Plan, der beinhaltete, dass ich einfach hierblieb und weiterlebte und zugleich abhaute und starb.

Dann stand ich auf. Und scannte den Raum nach irgendetwas ab, das ich vielleicht liegen gelassen oder verändert hatte. Ich steckte drei Zigarettenstummel in meine Hosentasche und strich meine Haare glatt. Ich musste lachen, ohne zu wissen, warum. Wieder erschien ein Vogelschwarm im Fensterrahmen, und ich kletterte durch ihn zurück auf die Straße.

*

Das erste Mal sah ich P. an einem Nachmittag, der mir wie kurz nach Sonnenaufgang vorkam. Ich erkannte ihn sofort, ohne genau zu wissen, woran, fast so wie man sich selbst erkennt, oder vielleicht eine Jahreszeit, einen vertrauten Geruch. Er erkannte mich nicht.

Ich blieb auf dem Vorplatz der Arcaden stehen wie

jemand, der etwas vergessen hatte, das Telefon, den Nachnamen eines Freundes oder den Grund, sterben zu wollen, und ich sah ihn an wie durch eine Wolke.

Er trug eine große blaue Jacke und Trainingshosen. Das weiche Haar war mehr grau als schwarz und strähnig, aber, wie seit ich denken konnte, zurückgekämmt, der Bart ein bisschen länger und irgendwie stumpfer als früher. Mit Daumen und Zeigefinger der rechten Hand hielt er eine Zigarettenkippe, obwohl er nie geraucht hatte, in der Linken eine Plastiktüte. Er lief nach vorne gebeugt, den Blick gesenkt auf die Straße, an mir vorbei, hinein in den kleinen Tunnel, der zur S-Bahn führte. Am Seiteneingang zum Einkaufszentrum blieb er stehen. Ich sah seinen festen, warmen Rücken, Qualm, den er ausblies. Und dann verschwand er in der automatischen Drehtür. Die leer gewordene Stelle betrachtete ich so lange, bis ein anderer Körper nach draußen kam und darüberlief.

Ich weiß nicht, warum ich ihm nicht folgte. Ich zog es nicht in Erwägung, das kann ich sicher sagen, und auch, dass plötzlich die Uhr über der Treppe zum Bahngleis gestochen scharf, wie entschlossen zu töten, einen Schlag nach vorne machte. Worauf ich zu den Stufen rannte, ein paar träge Passanten wegdrängte, dann in der Bahn saß und mich auf dem Weg zu meinem Therapeuten befand.

Am Tag darauf traf ich ihn wieder. Ich fand, dass er ziemlich kaputt aussah, obwohl sein Gesicht ganz glatt schien, fast so, als würde es zerfließen. Ich war schwer verkatert und telefonierte gerade mit einem Pflanzenhändler aus Alt-Mariendorf, der zu Dumpingpreisen menschengroße Palmen bei Ebay verkaufte, ich wollte eine, und jetzt las er mir aus seinem Terminkalender vor.

P. lief direkt in meinen Weg. Er trug dieselben Sachen wie am Tag davor, hielt wieder eine schon durchgerauchte Zigarette und blickte beim Gehen auf das Kopfsteinpflaster.

So schnell ich konnte, sagte ich noch ein paar Sätze ins Telefon, legte dann auf und sah mich um, aber da war P. bereits vorübergezogen, überhaupt nicht mehr sichtbar. Anfallartig brach ich in Tränen aus, aber keine dreißig Sekunden später hörte es auf, und ich fühlte nichts mehr.

An Regentagen fuhr P. mit der Ringbahn die großen Einkaufszentren ab. In Sandalen schlurfte er durch die Etagen des Gesundbrunnen-Centers, der Schönhauser-Allee-Arcaden, des Ring-Centers, des Hermann-Quartiers, des Einkaufsbahnhofs am Südkreuz. Er hielt oft eine fast leere gelbe Plastiktüte in der Hand und trat ruhig, mit Interesse und Abneigung, an die schmalen schwarzen Mall-Mülleimer heran, als wären sie tote Tiere, Ratten oder Tauben.

Er verließ die Einkaufszentren durch den Haupteingang, verschwand hinter Glastüren, die mit riesigen Männer-, Frauen- und Kindergesichtern beklebt waren, in denen weiße Zahnreihen strahlten. Dort stand er zwischen den Leuten, die dicht aneinandergedrängt unter dem Vordach rauchten. Auch er griff von irgendwoher einen Zigarettenstummel und zündete ihn mit einem dieser Klick-Feuerzeuge an.

In meinen Träumen blieb alles beim Alten.

Mein Vater, der unglücklich war und verschwand. Vater, der wieder auftauchte, aber unglücklich blieb. Nie änderte die Tatsache, dass ich da war oder dazukam, irgendetwas an seinem Zustand. Aber ich hing zwanghaft an ihm und wollte es nicht wahrhaben.

Ich träumte von zwei Zwergschafen, und das eine war brav und schlief, während das andere um sich trat und mit spitzen Hörnern meine Arme aufschrammte. Ich weiß noch, ich packte so fest zu, dass beinahe etwas in ihm brach.

Ich hörte Vater meinen Namen rufen, es klang fast wie ein Brüllen, und dann spürte ich schon seine Schritte oder seinen ganzen Körper, der näher kam. Ich lag in meinem Bett, es war spätabends oder nachts, ich hatte geschlafen.

Die Tür öffnete sich, und mein Vater lief ins Zimmer. Er weinte, sein Gesicht war ganz verzogen, und er rief oder brüllte: *Komm, Mario, komm, komm, komm*! Er stürzte auf mich zu, griff meine Hand und zog mich hinter sich her.

Mutter stand schwankend im Flur, umgeben von weißen und durchsichtigen Scherben. Sie war angezogen, als wollte sie wegfahren, ihre glasigen Augen waren nur halb geöffnet. Mit meinem Vater an der Hand sah ich sie an, obwohl ich Angst davor hatte. Ich glaube, sie sagte etwas, aber ich konnte nicht verstehen, was, und dann ließ Vater mich los und stieß mich in ihre Richtung. *Fahr nicht, bitte, bitte, fahr nicht*, rief er zu Mutter und forderte mich auf, ihr das Gleiche zu sagen, während ich zwischen ihm und ihr, irgendwo in der Mitte des Flurs, zum Stehen kam. Ich erinnere nicht, ob ich es gesagt habe, nur dass Mutter den Autoschlüssel in der Faust hielt, dann die Haustür aufriss, hinter sich zuschlug und weg war.

*

Seit den frühen Morgenstunden lief P. wie ein Getriebener durch Moabit. Der Weg schien nicht zufällig, aber ich erkannte auch kein System dahinter. Er hielt nirgendwo an, hatte wieder die Plastiktüte bei sich, holte aber nichts heraus und tat nichts hinein. Immer wieder schien ihm die Sonne auf den Rücken, und dann lief er etwas langsamer.

Obwohl ich nicht verstand, was ich da machte, und auch kein Ende davon in Aussicht war, folgte ich ihm. Sekundenweise schlief ich fast ein dabei, driftete weg, verstand nicht mal mehr meine eigenen Gedanken. Es fühlte sich an wie eine Art Magnetismus, und ich ließ mich einfach gehen.

Als er in die Fixerstube verschwand, war es gerade mal halb elf, aber ich hatte mich so in den Vorgang vertieft, ich begriff erst, dass P. und ich nicht unzertrennlich waren, während ich mich selbst auf der Treppe wiederfand, die ins hellgraue Gebäude führte. Und erst, nachdem ich wie abgeschaltet ein paar Minuten lang vom Bürgersteig gegenüber auf den Hauseingang und seine Beschilderung gestarrt hatte, wurde mir klar, was sich parallel dazu, direkt vor mir, aber ohne, dass ich es sah, nun abspielen musste.

Ich ging zum Späti einen Block weiter und kaufte Zigaretten. Ich rauchte eine. Dann noch eine. Dann noch eine. Dann lief ich in die Straße, in der sich meine Wohnung befand, obwohl ich gar nicht dort sein wollte, auf keinen Fall wollte ich dort sein, also schlug ich mit dem Kopf gegen die Badezimmerfliesen und heulte, bis ich irgendwann einschlief.

Schon in den ersten Wochen mit P. tauchte auch der Schiefe auf, aber ich erkannte ihn erst gar nicht als ein- und dieselbe Person. Die hautengen, glitzrigen Pullover, das Gesicht, den Gang. Immer aus verschiedenen Perspektiven. Erst, als ich ihn und P. zum ersten Mal in einer Umarmung sah, verbanden sich alle Szenen zu einer Idee von der seltsamen Beziehung, die beide zueinander hatten.

Ich wusste nicht, warum, aber ich mochte den Schiefen nicht. Er war kaum älter als ich selbst, lebte, anders als P., ganz auf der Straße oder in den Autos seiner Kunden. Anfangs machte ich das vor allem daran fest, wie er aussah, obwohl er genau genommen einfach nur sehr dünn war, die Augen nicht richtig aufbekam und vermutlich nie zum Zahnarzt ging, was auch auf mich selbst zutraf. Erst später sah ich ihn dann regelmäßig stehen, im Tiergarten oder am U-Bahnhof Turmstraße. Seltener in der Jebensstraße.

Ein paar Mal begegnete er mir high, oder auf direktem Weg, es zu sein, nachts, und ich selbst war betrunken. Wie er so dasaß oder dalag, machte mich jedes Mal fertig. Immer waren seine Augen auf irgendeine Lichtquelle gerichtet, wie bei einem Baby. Er lächelte so, als bräuchte er nichts mehr. Einmal, im tiefsten Winter, sah ich den Schiefen auf einem Spielplatz vielleicht erfrieren. Ich dachte daran, ihm zu helfen, aber getan habe ich es nicht.

Ich weiß eigentlich nicht, was für eine Art Freund mein Vater war. Und die meisten von denen, die ab und zu mit ihm am runden Tisch in unserem Hof oder am runden Tisch in unserer Küche saßen, Kaffee oder Radler tranken, etwas aßen und über ihre Probleme redeten, wussten es wahrscheinlich auch nicht. Sie wussten generell nicht viel über ihn.

Es spielte keine Rolle, ob mein Vater jemanden schon jahrzehntelang oder erst seit Kurzem kannte, er unterstellte jedem, ihn im Grunde zu hintergehen. Ich weiß, dass er selbst mit seinem besten Freund nie über Mutter gesprochen hat. Er misstraute jedem. Vielleicht war ihm das nicht mal bewusst.

Jedenfalls hörte er sich die Storys seiner Freunde trotzdem an, oder tat zumindest so, und hatte, wenn ihn etwas aufwühlte, sogar Tränen in den Augen, was er nie verbarg. Ich schätze, das mochten die Leute an ihm, dass er so verfügbar und empfindsam war. Nur Ron und ich bekamen mit, wie es ihm tatsächlich ging, wenn er hinterher wütend und gehässig über sie fluchte und sagte: *Ich bin nur von Idioten umgeben*.

Dass damit nicht ich gemeint sein konnte, dass es ihm mit mir vollkommen anders ging, er voller Vertrauen und Glück und Liebe war, sobald wir zusammen waren, davon ging ich damals einfach aus, obwohl seine Augen, wenn wir stritten oder er mir eine reinhaute, natürlich verrieten, wie es wirklich war.

Als Ron seine Freundin und Elli zum ersten Mal mit nach Zollfeldt brachte, feierte der Vater meines Vaters seinen siebenundachtzigsten Geburtstag. Wir alle saßen in dem spartanisch eingerichteten Zimmer, das für Feierlichkeiten vorgesehen war, und kauten Buttercremetorte. Ein paar Gäste aus der Nachbarschaft, meine Eltern, Vaters Schwester und ihr Mann. Meine Großmutter stand in der Küche und kochte literweise Kaffee.

Für ein Foto reichte Ron unserem Großvater seine Enkelin, der sie mit sachlicher Distanz entgegennahm, sein steinernes Lächeln auflegte und sagte: *Das ist das erste Mal in meinem Leben, dass ich ein Kind auf dem Arm halte*. Niemand erwiderte etwas, und ich machte das Foto.

Obwohl wir im selben Dorf lebten, trennte das Haus meiner Großeltern und unseres eine unüberwindbare Distanz. Mir kamen sie vor wie Fremde.

Ich habe vereinzelte unscharfe Bilder davon im Kopf, wie meine Großmutter in den gerade erst offenen Westen kam, um uns Kinder zu versorgen, als mein Vater, kurz nachdem wir dorthin gezogen waren, morgens nicht mehr aufstehen konnte, und Mutter, wie es hieß, Tag und Nacht arbeitete. Deswegen schenkte meine Großmutter ihm das Haus, in dem sie geboren worden war – den leer stehenden Backsteinkasten am anderen Ende von Zollfeldt, auf dessen Dachboden ihre eigene Mutter oder deren Mutter oder sonst irgendwer sich erhängt hatte. Damit wir zurückkamen, und das haben wir dann auch gemacht.

Ich weiß, dass mein Großvater mir Schwimmen beibrachte, meine Großmutter Lesen und Fahrradfahren. Dass sie meinen Eltern hin und wieder Geld liehen und es vertraglich festhielten. Dass mein Großvater allein verreiste, weil meine Großmutter lieber in Zollfeldt blieb. Dass sie sonntags in die Kirche gingen. Dass sie ein SOS-Patenkind in Afrika hatten. Ich erlebte nie, dass die beiden einander anlächelten oder berührten.

Ich glaube, sie hielten meinen Vater für einen armen Irren, der die falsche Frau geheiratet und nichtsnutzige Kinder mit ihr gezeugt hatte, der seine Gefühle nicht in den Griff bekam und immer wieder dafür sorgte, dass die Leute im Dorf redeten. Manchmal, wenn sie ihn für dumm erklärten, rastete mein Vater aus. Er brüllte dann so laut und verzweifelt, so tierartig und unkontrolliert, dass seine Mutter die Fenster schloss und zu wimmern begann. Es kam nicht oft vor, vielleicht einmal im Jahr, aber danach war mein Vater immer so klar, so sicher und stolz, dass ich glaubte, es hielte für den Rest unserer aller Leben. Ab und zu machten wir über seine Ausraster Witze. Auch mein Vater selbst.

Es gab viele Geschichten, von denen ich nur über Umwege etwas mitbekommen, die mir niemand direkt erzählt hatte. Warum die Mutter meiner Großmutter oder deren Mutter oder was weiß ich wer verrückt geworden war. Dass mein Großvater insgeheim seine Cousine geliebt hatte. Dass er es war, der die Heirat meiner Eltern quasi angeordnet hatte, weil sie unter seinem Dach zusammen in einem Bett schliefen. Dass er, bis mein Vater sechzehn war, darauf bestanden hatte, mit ihm zusammen zu baden.

Die Schwester meines Vaters war zehn Jahre älter als er, und oft hieß es, sie und ihr Mann hätten ihn mit erzogen. Beide arbeiteten in der JVA und wohnten in der nächstgrößeren Stadt, aber als mein Vater noch zur Schule ging, kamen sie jedes Wochenende auf den Hof der Eltern, vermutlich, um zu essen und nicht enterbt zu werden.

Einer Erzählung nach warf meine Tante sich als Säugling im Schlaf so zwanghaft von einer auf die andere Seite des Kissens, dass sie jahrelang einen kahlen Hinterkopf hatte. Laut einer anderen Erzählung hatte mein Großvater nach der Geburt ihres ersten und unehelich gezeugten Kindes gesagt, der Bastard solle ihm nicht unter die Augen kommen.

Es gab noch weitere Geschichten, wie die von dem Brief, den meine Tante meinem Vater geschrieben hatte, in dem sie sagte, er sei für sie gestorben, sollte er tatsächlich mit seiner asozialen Frau in den Westen abhauen. Und die von den fünfzehn oder siebzehn Selbstmordversuchen, die sie im Zuge einer schweren Depression unternommen hatte, wovon einer darin bestand, dreizehn oder fünfzehn Mal mit einem Messer auf sich selbst einzustechen, einmal davon direkt in die Kehle.

Nachdem mein Großvater gestorben war, erzählte mein Vater manchmal davon, wie er *ganz kurz vorher* noch bei ihm im Krankenhaus gewesen sei. Und dass mein Großvater ihn mit den Worten: *Schön, dass du da bist*, begrüßt habe. Mein Vater meinte: *Es war das Liebste, was er je zu mir gesagt hat*. Und dass er deswegen seinen Frieden mit ihm habe machen können.

Auf einem Zettel, den ich zwischen Briefvorschriften und Tagebüchern fand, hatte mein Vater mehrere Sätze und Halbsätze notiert. Auch eine kleine Zeichnung war dabei. Ich glaube, es war sowas wie eine Hausaufgabe der Therapeutin, zu der er eine Zeit lang gegangen war. Vielleicht sollte er aufschreiben, was ihm im Leben Halt gab, oder einfach nur Dinge, an die er gern dachte.

Die Zeichnung sah aus wie von einem Kind und zeigte wohl ihn selbst, einen Schlitten zur Dorfkirche ziehend. Eine Person sitzt auf dem Schlitten, wahrscheinlich Mutter.

In der ersten Notiz auf dem Zettel ging es darum, wie er mit mir als Baby bei einer Taufe gewesen sei und die Predigt des Pfarrers ihn sein ganzes Leben lang begleitet habe, bis zu diesem Moment. Was der Pfarrer genau gesagt hatte, stand nicht dabei. An anderer Stelle schrieb er: *Habe heute das schönste Gespräch meines Lebens mit meiner Mutter gehabt (hat das Wort Liebe gesagt)*.

In der Woche, bevor mein Vater starb, ging er jeden Tag in den kleinen Anbau, in dem seine Schwester die Mutter einquartiert hatte, um selbst nach Zollfeldt und in ihr Elternhaus zu ziehen. Den ganzen Tag saß seine Mutter dort in einem Sessel und guckte ununterbrochen zur Zimmerdecke, vielleicht durch den Dachgiebel zu Gott. Sie hatte immer denselben schwarzen Pullover aus Polyester an, den einzigen, den sie wohl besaß. Mein Vater, das erzählte später seine Schwester, habe sich auf das Sofa neben ihr gelegt und versucht zu schlafen.

*

P. stand am Bahngleis und schlang ein Croissant runter, das er kurz vorher einer mit dem Handy telefonierenden Imbissverkäuferin abgeschnorrt hatte. Er blickte zur Fensterfront gegenüber, zur anderen Seite des Gleises, dem Ende des Bahnhofs. Hinter den schlierigen Scheiben ein Baukran, drei Bäume, weite Sandfelder. Nach dem Essen rauchte er das letzte Viertel einer Zigarette und trank aus einem Kaffeebecher, der am Boden neben den Mülleimern gestanden hatte.

Als die Bahn einfuhr, stieg er gleich in den ersten Wagen, sank auf einen der Sitze an der Längsseite und schloss die Augen. Es sah aus, als würde er schlafen, aber er war wach, denn mit einer Hand hielt er nicht nur die andere, sondern streichelte sie auch. Die leuchtenden Schriftpunkte über ihm rauschten durch die Anzeigetafel wie eine endlose Sternschnuppe.

Wir fuhren länger, als ich erwartet hatte, erst am S-Bahnhof Spindlersfeld stieg er aus. Wie gegen einen Widerstand lief er die paar Hundert Meter zum Parkplatz vor dem Kaiser's, wo ein asiatisch aussehendes Mädchen aus einer Umhängetasche heraus Zigarettenstangen verkaufte. Hier verbrachten wir den Rest des Vormittags – ich, der wie ein Tier lauernd in einer Wildblumenwiese saß, die sich zwischen Parkplatz, Bahnhof und dem angrenzenden Neubaukomplex befand, und P., der Passanten beklaute.

Später saß er selbst auf der Wiese, auch wie ein Tier. Zwischen abgeknickten Gräsern kramte er in seiner Plastiktüte. Er sah aus wie ein riesiges Insekt, seine Kleidung war braun, seine Haut glänzte, seine Arme und Beine standen spitz von ihm ab. Als er alles Mögliche neben sich gelegt hatte, hob er das Gesicht einen Moment lang Richtung Sonne, die zwar nicht zu sehen, irgendwo dort aber gewesen sein musste. Kurz schien er auf etwas zu warten, dann begann er, sich einen Schuss fertig zu machen.

Das Drücken selbst sah ich mir nicht an, sondern beobachtete währenddessen eine winzige Spinne, die zwischen meinen Fingern ein feines, zitterndes Netz spannte. Als ich wieder aufsah, lag P. wie umgeweht da, über die Wiese verteilt, mit halb offenen Augen, in denen sich das Universum oder der Kondensstreifen eines Flugzeugs spiegelte.

Erst am darauffolgenden Wochenende begegnete ich P. wieder. Wahrscheinlich wegen Ron. Ron, der achthundert Kilometer entfernt damit beschäftigt war zu lernen, selbst Vater, nicht vor allem Sohn eines Vaters zu sein, und der mich viermal die Woche anrief, um zu erzählen, was es zum Abendessen gegeben hatte, oder um lautlos zu weinen.

Es gab eigentlich keine Geheimnisse zwischen uns, nur auf Erfahrung beruhende Vereinbarungen darüber, dass ich nicht zu versuchen brauchte, ihm nach 22 Uhr das Leben zu erklären, oder morgens beim Runterkommen, auf dem Weg von irgendeinem Club nach Hause, mein schlechtes Gewissen an ihm zu beruhigen. Er wiederum bettelte nicht mehr darum, besucht zu werden, wenn er den Eindruck hatte, mich zu brauchen, sondern wartete, bis ich von alleine kam.

Ich erzählte Ron nichts von dem Tag, an dem ich P. zum ersten Mal gesehen hatte, und auch nicht von all den anderen Tagen. Ich weiß nicht, wie ich das hinbekam, es machte überhaupt keinen Sinn, war vielleicht sogar ein Verbrechen oder sowas, etwas Unverzeihliches, aber wenn Ron am Telefon anfing, über Papa zu sprechen, täuschte ich einfach stumme Trauer vor und legte bald auf. Vielleicht hatte ich Angst, P. wieder zu verlieren. Vielleicht wollte ich ihn nicht teilen.

Am Dienstagmorgen rief Ron an und fragte mich nach meinen Terminen, falls ich wenige oder gar keine hätte, käme er mit Elli für ein paar Tage nach Berlin. Ich zögerte, als würde ich auf ein vorbeifahrendes Auto warten, um die Straße zu überqueren, oder als käme seine Frage wegen schlechten Empfangs erst später bei mir an. Dann zählte ich ihm wirr die Gründe für meinen momentanen Zeitmangel auf. Er hakte nicht nach, wirkte nicht sonderlich enttäuscht, sagte erst *Schade* und dann *Tschüss*, und damit war das Thema erledigt. Im Grunde gab es solche Situationen regelmäßig, aber diesmal, weil ich selbst nicht ganz verstand, warum ich ihn anlog, blieb ich für den Rest der Woche in der Wohnung, denn ich hätte mich geschämt, P. zu sehen.

Am Sonntag traf ich ihn dann im Ullrichs am Zoo. Mir war das Essen ausgegangen, und ihm anscheinend der Schnaps. Erst musste ich lachen, dann verbot ich es mir, dann lachte ich wieder. Ich war total hysterisch, ich flippte vollkommen aus, und so ging ich zum glatzköpfigen Security-Mann, fragte umständlich, wie lange der Laden noch geöffnet habe und wo es zu den Tiefkühltorten gehe, während P. im Hintergrund mit vollen Taschen abhaute.

Ich glaube, mit fünf oder sechs, mein Vater war um die dreißig, fing ich an, ihn wirklich zu lieben. Weil ich es so entschied.

Mir war bewusst, dass er mich nicht immer so toll fand, dass er selbst nicht war wie die Schauspieler im Fernsehen, dass er Tabletten nehmen musste, damit er bei uns bleiben durfte, und dass er mir niemals bei den Hausaufgaben helfen würde. Aber wenn ich zum Beispiel etwas verlor, fand mein Vater es wieder. Bücher aus der Bibliothek, die Marken, mit denen ich in der Schule Milch und Mittagessen bekam, zu unterschreibende Klassenarbeiten, Taschenrechner und Zirkel, von Freunden geliehenes Spielzeug, von Ron ungefragt genommene Klamotten.

Obwohl ich damals schon nicht mehr sicher war, ob Gott meine Probleme wirklich lösen könnte, und es mir scheinheilig vorkam, vor allem dann an ihn zu denken, wenn ich etwas brauchte, ging ich zu meinem Vater immer erst, nachdem ich gebetet hatte. Und mein Vater sagte dann, ohne darüber nachzudenken: *Wir finden schon eine Lösung*, genau wie andere Sätze: *Am Donnerstag kaufen wir neue Schuhe*, oder: *Das Essen ist fertig*. Kurz darauf holte er dann dies oder das unter meinem Bett oder aus irgendeinem Spalt hervor, und ich warf mich vor Erleichterung gegen ihn wie gegen etwas Unumstößliches.

Ich legte fest, dass er für mich der genau richtige, der einzig angemessene, der bestmögliche Vater sein musste. Dass wir sowas wie die Mitglieder eines Clubs waren, in dem es erlaubt war, wach zu sein, während der Rest der Menschheit schlief.

Ich fand es unfassbar, wenn ich am Freitag- oder Samstagabend den in einer Kurve verlaufenden Weg zwischen dem Haus meines besten Freundes Nico und unserem Haus entlangrannte, fast hechelnd, vorbei an den Fichten, vorbei am Schwarzen Mann, und dann hinter der Tür zum Hof mein Vater in seinem grauen Wollpullover mit einem Bier in der Hand Richtung Garten schlenderte, um nach der Wäsche und seinen Gemüsebeeten zu sehen. Das ganze Sonnenuntergangslicht sammelte sich auf seinen Kleidern und seiner Haut, und er rief nach unserem Hund, der wie ich von irgendwoher angerannt kam und an ihn heransprang. Mein Vater lachte oder weinte, darauf kam es gar nicht unbedingt an, und ich küsste in sein Gesicht, traf dabei seine Nase, seinen Bart, seine Zähne oder seine Lippen, die nie so richtig rot waren, wie zum Beispiel meine, und es kam mir so vor, als hätte er für uns beide und den Hund, meinetwegen auch für Ron, wenn er denn auch dabei gewesen war, dieses Leben erfunden, das alles hier gemacht.

Er pflückte ein paar Tomaten und Pfefferminzblätter, redete vom Abendessen, und manchmal sang er auch, Radiolieder oder *Ich war noch niemals in New York*. Ich war so stolz, sein Sohn zu sein, dass ich in ihn eintauchte wie in den acht mal vier Meter großen Swimmingpool in Nicos Garten, in dem ich sowas wie eine andere Welt fand. Eine, in die ich immer reinkonnte, selbst, wenn mein Vater mal nicht da war.

Erst ein paar Jahre später, als ich immer häufiger Ärger machte, kam langsam die Ahnung, dass ich mir das alles nur eingebildet hatte. Dass sein und mein Leben zwei verschiedene waren, und er mit meinem wenig anzufangen wusste. Dass er mich vielleicht gar nicht in seinem Leben wollte, jedenfalls nicht um jeden Preis.

Als ich das auf einer Klassenfahrt entstandene Nacktfoto der, wie sie gerufen wurde, *fetten Jette* in der Schule rumgezeigt hatte und ihre Eltern dann weinend an unserem Küchentisch saßen. Als ich mit einem Mädchen aus dem Nachbardorf zusammenkam, das mit dreizehn wegen seiner ersten Alkoholvergiftung im Krankenhaus gewesen war. Als ich aufhörte, mir die Zähne zu putzen. Als ich generell aufhörte, mich zu waschen. Als ich mir angewöhnte, meine Zehen so lange aneinanderzureiben, bis sie die Socken vollbluteten. Als ich dabei gesehen worden war, wie ich mit Edding das weiße Bushaltestellenhäuschen von Zollfeldt zugemalt hatte. Oder als ich anfing, flaschenweise Dornfelder aus der Vorratskammer in mein Zimmer zu tragen, um sie zu trinken.

Mein Vater sagte: *Ich kann mir schon vorstellen, wie du das gesagt,* oder *wie du das gemacht hast,* so als müsste ich es natürlich in einer ganz furchtbaren Weise getan haben. Er sagte: *Ich wünschte, wir würden in einem Hochhaus leben. Dann könnte ich dich jetzt aus dem Fenster werfen.* Ich guckte ihn an, versuchte nicht zu blinzeln, und musste mir das Grinsen verkneifen.

*

Das *I NEED UR LAND* war um die vierzig Meter lang, graue Outlines, rosaorange ausgemalt, und schob sich zusammen mit der weißen Wand, auf der es stand, von links nach rechts durch die S-Bahn-Scheibe, als ich bemerkte, dass P. am anderen Ende des Wagens saß.

Zwischen Landsberger Allee und Treptower Park fuhr die S-Bahn extrem schnell, und dieses unheimliche, deprimierend einengende Abendlicht breitete sich aus. Ich schrieb eine SMS an Niki, was sich anfühlte wie ein Rückfall, aber ich musste dringend etwas loswerden.

Dass ich neuerdings Graffitis sah, wo ich sie vorher nicht gesehen hatte, dass sie mir vorkamen wie erst in den letzten Wochen in die Stadt gemalt, war vielleicht eine Begleiterscheinung des Unterwegsseins mit P. Mir kam häufiger der Gedanke, ich wäre erst jetzt nach Berlin gezogen, als hätte ich vorher auch irgendwo gelebt, aber hier wäre es nicht gewesen.

P. hustete und fasste sich immerzu ins Gesicht. Wie üblich, hatte ich keine Ahnung, wohin wir fahren würden, ob P. es überhaupt wusste, ob er sich ausruhen wollte oder versuchte, Heroin zu beschaffen.

Ich stellte mir vor, wie ich für P. eine Botschaft schrieb, die in der gesamten Stadt zu sehen wäre, zum Beispiel auf der ganzen Länge der Ringbahn. Eine Nachricht, die er sofort verstehen würde. In meiner rechten Hosentasche steckten ein Kellnerblock von einem meiner letzten Jobs und ein IKEA-Bleistift, und wenn mir etwas einfiel, von dem ich glaubte, es wäre vielleicht eine Botschaft an P., schrieb ich es auf.

Oft wenn ich nach Hause kam, lag auf dem Küchentisch ein Zettel von meinem Vater. Geschrieben mit Kuli, halb Schreib-, halb Druckbuchstaben, eine Mischung aus Erstklässler- und Arztschrift – wenn ich Klassenarbeiten oder Klausuren von ihm unterzeichnen ließ, verdächtigten die Lehrer mich des Fälschens, weshalb ich irgendwann tatsächlich damit anfing. Er schrieb auf den Rückseiten alter Versicherungsunterlagen, die er zu diesem Zweck zerschnitt und in einem der Küchenschränke aufbewahrte. Ich ließ die Zettel auf dem Tisch liegen und am Ende des Tages warf mein Vater sie in den grünen Strohkorb für das Altpapier.

*

Wir fuhren ziemlich weit raus, direkt am Bahnsteig lagen ein Katzenkadaver und ein benutztes Kondom. Ich wusste nicht, warum es P. hierher zog, aber immer, wenn ich ihm länger als nur ein paar Stunden folgte, nahm er eine der zweistellig bezifferten S-Bahnen außerhalb des Rings und lief dann durch die Verlassenheit des Stadtrands. Er schien sich zu entspannen, während ich mit einem Spritzkuchen in der Hand gegen die Wellen der Traurigkeit ankämpfte, die diese Gegenden in mir auslösten.

Alle paar Tage fuhr P. nach Marzahn. Er stieg an der Raoul-Wallenberg-Straße aus, nahm den schmalen Weg, der entlang der Gleise tiefer in den Nordosten führte, und lief kurz hinter der Fabrikhalle der Großbäckerei auf der einen und der Aral-Tankstelle auf der anderen

Gleisseite mitten in den Bezirk. Es roch nach Butter und Benzin.

In den Straßen herrschte endzeitliche Leere. Irgendwo, dachte ich, mussten doch die Menschen sein, die in all den Platten wohnten, aber hier waren sie nicht. Also fing ich an, nebenher ein bisschen zu sprühen. Ich taggte in einer Farbe, die *Cocktail*, und schrieb *ES GIBT KEINE ZEIT* in einer Farbe, die *Hope* hieß, während P. hundert Meter vor mir mit seiner gelben Plastiktüte durch die Betonsiedlung steuerte.

Eine gute halbe Stunde dauerte von hier aus der Weg bis zur Ringenwalder Straße, wo P. dann jedes Mal so automatisch in dem Plattenbau mit der Hausnummer 32 verschwand, als wäre er so programmiert. Er hatte keinen Schlüssel, sondern drückte einen der Klingelknöpfe des langen Riegels, an dem hinter Plastikschildern die Namen der Bewohner aufgelistet waren. Er öffnete die sirrende Tür, ohne etwas in die Gegensprechanlage gesagt zu haben, und auch aus der Anlage kam kein Wort. Ich selbst ging nie mit rein, weil mir die Marzahner Platten trotz ihrer Ausmaße irgendwie zu klein vorkamen, außerdem habe ich sowohl ein Problem mit Aufzügen als auch mit Treppenhäusern, die zugleich Notausgänge sind. Ich wartete lieber draußen.

Die ersten Male setzte ich mich einfach an den Rand des Spielplatzes, von dem aus die 32 gut zu sehen war, und rauchte. Später holte ich mir in der Zwischenzeit einen Döner im Palast Bistro oder ein Bier im Penny. Vor dem Penny lehnte ich dann an einem der Fahrradständer und ließ mich von den Oberflächen der Leute berieseln, die es nahe den Supermärkten doch gab.

Und dann, nach maximal zwanzig Minuten, sah ich P. um die Ecke biegen und auf mich zulaufen, ebenfalls in den Penny gehen und mit einem Bier wieder herauskommen. Ich versuchte immer, Details an ihm zu erkennen, irgendwas, das sich verändert hätte oder neu an ihm gewesen wäre, ich studierte seine Kleidung und wie er ging, seine Augen und seine Haut, so gut ich konnte, aber egal, wie oft P. und ich schon dort gewesen waren und wie oft ich sein Verschwinden in das Haus und kurz darauf seine Rückkehr miterlebte – was P. dort konkret zu tun hatte, was genau sich in der 32 abspielte und warum wir also immer wiederkamen, erschloss sich mir nicht. Ich zog in Erwägung, dass es hier Drogen für ihn gab, oder jemanden, der ihm nahestand, nach dem er sah, dem er etwas brachte oder von dem er etwas bekam. Ich fragte mich, ob er vielleicht eine Beziehung führte, dann, ob ich es überhaupt wissen wollte, und spätestens nach dem dritten Bier fragte ich mich nichts mehr.

Was nach der 32 passierte, blieb immer offen. Es kam vor, dass wir stundenlang an verschiedenen Ecken rund um die Einkaufsplatte rumlungerten, tranken und sonst nichts taten. Oder dass P. Bekanntschaften machte und ich ab und zu sein brüllendes Lachen hörte. Es kam vor, dass ich, wenn P. sich dann irgendwann aufraffte und es ihn durch den Stadtteil und in den nächsten trieb, nicht mehr richtig stehen konnte. Manchmal ging ich früher, oder gleich, nachdem wir angekommen waren, ohne P., weil mich die Geduld verließ, weil ich verabredet war oder beschloss, es zu sein.

Es war immer seltsam, wenn ich dann plötzlich wieder allein unterwegs war. Ich fühlte mich irgendwie aufgelöst oder verloren, wie ein Ball, der langsam durch einen Spalt hinter einen Zaun rollte. Es kotzte mich an, dass es nie die Möglichkeit gab, sich zu verabschieden. Dass ich nie *Tschüss* oder *Tschau* sagen konnte, stattdessen einfach weitergehen musste, wenn P. stehen blieb, oder stehen bleiben musste, wenn P. weiterging.

*

Es war der vierte oder fünfte oder sechste Stock, in dem am Fenster mein Vater wartete, und vielleicht zählte er die Blätter in den Bäumen. Hinter der Scheibe wirkte er wie durchsichtig.

Neben mir rostete, festgeschraubt an den Boden, eine Bank, von der ein Mann fiel, mit dem Kopf auf die Steine. Sein Mund stand offen, und eine milchige Flüssigkeit lief heraus, zum Unkraut, das an den Rändern der Betonplatten hochwuchs.

Ich sah meinen Vater schauen, ich sah Zuckerkristalle, noch vom Löffelbiskuit in meiner Handfläche, die ich ihm entgegenstreckte und mit der ich ihm zuwinkte. Mutter hielt die in Papier gewickelten Blumen und steckte ihre Sonnenbrille in die Handtasche. Es knirschte zwischen meinen Zähnen.

Ich sah meinen Vater, der die Lippen bewegte, in die Richtung, wo wir standen und wo der Mann lag und wo eine graue, abgemagerte Frau, die ein Nachthemd anhatte, hervorirrte aus dem Gebüsch, und ich dachte, vielleicht wollte sie mich mitnehmen.

Zwanzig Jahre später stand er wieder da, aber ich sah es nicht. Wegen des Schlafmangels hatte mein Vater auf der Arbeit einen Kreislaufkollaps gehabt und war vom Rettungswagen ins nächstgelegene Krankenhaus gebracht worden. Zur Beobachtung behielt man ihn dort.

Mitten in der Nacht habe er seine Füße gewaschen und sich selbst irgendwas erzählt und dabei gekichert und die Pflegerinnen angewiesen, alle Türen und Tore zu öffnen, denn gleich käme mit dem Taxi sein Sohn, ich. Er habe stundenlang mit Herzrasen am Fenster gestanden und gelächelt, so erzählte er es mir, als ich ihn zum ersten Mal in der Psychiatrie in Altbrietzen besuchte, wohin er schließlich überwiesen worden war.

Oft machte mein Vater Mittagsschlaf oder ruhte, wenn ich aus der Schule nach Hause kam. Er lag wie eine Mumie auf dem Sofa, die Hände über der Brust ineinandergelegt, und ich küsste ihn ins Gesicht, das ganz eingehüllt war von der Wärme seines Atems. Ich setzte mich neben ihn auf den Sessel, schaltete den Fernseher an und aß Tiefkühlpizza oder Kekse.

Nach einer Weile begannen wir zu reden, über das Essen, das Fernsehprogramm, den Tag, Ron oder Mutter. Es kam vor, dass wir uns stritten oder kaputtlachten. Dann stand er irgendwann auf, trank türkischen Kaffee und fuhr zur Arbeit. Und ich ging rüber ins Gästehaus, das nach Aschenbecher roch, rauchte aus dem Fenster des Badezimmers einen Kopf und lernte danach für Tests oder Klausuren.

Das Gästehaus war der rechte Flügel des Vierseithofs, auf dem wir lebten. In meiner Kindheit hatte dort Herr

Bierpoor mit seiner Tochter gewohnt und die Zimmer mit Zigarettenqualm gefüllt, während im Garten seine Pfauen, Papageien und Kanarienvögel in Volieren festsaßen. Herrn Bierpoors Frau war schon tot. Gerda, seine Tochter, hing an der Flasche, zusammen mit Erich, dem Nachbarn von gegenüber. Als Herr Bierpoor starb, blieb Gerda eine Zeit lang allein im Haus. Immer mal wieder zog sie rüber zu Erich und seinem Bruder Hans, der langsam vor sich hinstarb, nur noch stöhnte und sabberte, während er auf den Fernseher glotzte, den sie vor ihn hingestellt hatten, genau in sein Blickfeld. Fünfmal am Tag kam eine Frau von der Pflege, die ihn windelte und drehte, damit er nicht zu faulen begann, aber es roch trotzdem nach Verwesung. Dort drüben habe ich zum ersten Mal getrunken.

Ich war neun, trank ohne zu zucken mein Glas Goldkrone in einem Zug aus und wischte mir, was danebenging, mit dem Ärmel vom Kinn. Es brannte nur ein bisschen und schmeckte nach Gerda, nach Erich und Hans. Beim zweiten und dritten Glas brannte es kaum noch, und ich sah durch die Gardinen aus dem Fenster zur Dorfstraße, zu unserem Haus gegenüber, das mir ganz unecht vorkam.

Gerda und Erich prügelten sich häufig, und Gerda hatte ein grün und blau geschlagenes Gesicht, aber nachdem Erich sich blind getrunken hatte, blieb sie ganz bei ihm. Oder jedenfalls für mehrere Jahre.

Meine Eltern begannen sofort zu renovieren und nannten das Haus danach *Gästehaus*. Mutter leerte den bis zum Rand mit Superillus gefüllten Dachboden, besorgte von Freunden und Bekannten Möbel und gerahmte Stillleben, kaufte Dufterfrischer und richtete sich im Anbau mit dem separaten Eingang ein Arbeitszimmer ein. Mein Vater sortierte Geschirr aus, das drüben in den Schränken stehen sollte, bezog die Betten, goss die Pflanzen und lüftete. Der Qualm der Hunderttausenden Zigaretten, die Herr Bierpoor fünfzig Jahre lang dort geraucht hatte, blieb in den Fußböden und Wänden, aber wenn nun jemand zu Besuch käme, könnte man wenigstens etwas anbieten. Und zum Kiffen reichte es auch.

Später, als mein Vater nach dem ersten langen Krankenhausaufenthalt in der Gästehausküche darauf wartete, dass sein eigenes Haus fertig renoviert wurde, trank er dort, am Tisch mit der sonnenblumenbedruckten Decke aus Papier, eine halbe Flasche Sambuca, schluckte zwei unangebrochene Blister Kreislauftabletten und erbrach den weißen Brei in einer Spur, die zum Sofa führte, auf dem er einschlief. Mutter fand ihn am Abend und weckte ihn mit Ohrfeigen.

Etwa zehn Jahre vorher, als Ron nach seinem Selbstmordversuch mit Anfang zwanzig aus Berlin weg und wieder zu uns gezogen war, hatte auch er im Gästehaus gewohnt.

*

P. stolperte vorwärts, die Rolltreppe runter zur U3 und dann den Bahnsteig entlang. Er lachte dabei, aber war ganz außer sich, das Lachen schien nicht seins zu sein, es sah leer und irre aus.

Ich war auf dem Weg irgendwohin, zu einer Verabredung oder irgendeinem anderen Grund, noch ein bisschen mehr zu trinken, ich wusste es selbst nicht so genau, nur dass Samstagnachmittag war und Sommer, und P. befand sich, wie so oft, plötzlich unmittelbar vor mir.

Er umarmte einen Rucksack und stürzte direkt auf die gelb lackierten Sitzbänke zu, kniete sich dann aber neben sie auf den Boden. Kurz dachte ich, P. mache sich bereit für ein ihm entgegenrennendes Kind, aber ich dachte es nicht wirklich, nur für den Bruchteil einer Sekunde verwechselte ich alles. Denn dann beugte er sich schon nach vorn und verteilte vor sich den Inhalt des Rucksacks. Ich konnte nicht sehen, was es war, nur die Sohlen seiner Schuhe, den verdreckten Jeansstoff, der seine Kniekehlen, die Rückseite seiner Oberschenkel, die Hälfte seines Hinterns bedeckte. Ich sah seine Haut, die Pofalte und den unteren Rücken. Die grüne Lederjacke darüber. Hinterkopf und Haare.

Es gab plötzlich Wind und ein lautes Rauschen, und dann sah ich links von mir in der einfahrenden Bahn die weit geöffneten Augen eines Jungen, die auf P. gerichtet waren. Ich lief dazwischen und stellte mich keine drei Meter entfernt, im Grunde direkt vor P. hin, neben den Schaukasten, in dem mit Reißzwecken das Fahrstreckennetz angebracht war.

Die Bahn fuhr ab, der Blick des Jungen entfernte sich, und jetzt war es wieder nur ich, der P. anstarrte, aber er bekam nichts davon mit, wohl gar nichts um sich herum, vielleicht nicht mal das, was er selbst machte. Seine Hände glitten hastig über den Boden. Sein Mund stand offen, immer noch geformt wie ein Lachen, seine Oberlippe glänzte. Ein paar Mal zuckte oder krampfte er wie erschrocken zusammen. Ich hatte den Reflex zu fragen, wie es ihm ging.

Für einen Moment verschob sich mein Sichtfeld, weil ich den Rest der Sektflasche exte, die so gut wie voll vorm Kentucky Fried Chicken oben auf dem Alex gestanden hatte, und sie war sogar noch kalt. Das Etikett funkelte golden, und ich meinte, ich würde mich darin spiegeln. Ich war betrunken, aber wollte gern betrunkener sein. Ich wollte weggehen, aber meine Beine bewegten sich nicht. Ich sah mich um, aber konnte überhaupt nichts erkennen.

*

Am Schäfersee begann es zu regnen. Als P. aus der öffentlichen Toilette wankte, stand der Schiefe direkt gegenüber, am Zaun neben dem flachen Kasten, der die Pizzeria war. Er sah zu P. rüber und begrüßte ihn mit einem *Scheiße,* während vielleicht zehn Meter unter der Erde eine U-Bahn einfuhr. Es klang wie ein leiser, heranrollender Donner, die Gehwegplatten bebten. P. blieb noch einen Moment lang stehen, zündete sich einen Zigarettenstummel an, blickte mit gesenktem Kopf nach links und rechts und überquerte dann langsam die unbefahrene Straße.

Auch hier? – Sieht so aus. Der Schiefe antwortete, als hätte er es nicht nötig, wie ein Sechzehnjähriger, worauf P. fragte, ob er arbeite, was der Schiefe ignorierte.

Läuft also gut hier? – Fick dich. Der Schiefe schnorrte ihm einen Stummel ab, ließ ihn sich anzünden, fragte dann direkt nach *Material, gern auch mieses, Diaz oder wenigstens Sprit,* und legte hektisch eine Hand auf P.s Schulter, der nichts sagte, nur eine ungeöffnete Flasche Nep Moi aus seiner Plastiktüte holte und ihm hinhielt.

Erst grinste der Schiefe, dann hörte er damit auf, nahm die Flasche, spuckte die runtergebrannte Kippe zwischen seinen Zähnen auf den Gehweg und versuchte, mit dem Ärmel seiner regennassen Wachsjacke den Mund trocken zu wischen. Er öffnete die Flasche und trank. In der menschenleeren Gasse stand der immer gleiche Taxifahrer auf Position, und P. sah zu ihm hin. Dann wieder die Hand des Schiefen, diesmal an seiner.

I love you, Mann, sagte er, rotzte neben sie beide in das formlose Rinnsal, das an der Gehwegkante entlangfloss, küsste P. auf den Mund und stand nicht länger da, sondern rannte weg, durch den Regen Richtung Bus, der nicht zu sehen, sein Aufheulen aber zu hören gewesen war.

P. sah ihm bis zur Ecke nach. Dann ging er mit der halb leeren Flasche zum See, wobei er zunehmend nass und wie es aussah schläfrig wurde.

Es war noch nicht Nacht, aber fühlte sich schon eine Weile lang so an. Der Himmel lag abgenutzt über dem See, an dessen Ufer, direkt gegenüber, ein betrunkener Mann eine betrunkene Frau schlug. Hunde waren unterwegs und schienen niemandem zu gehören.

P. saß durchnässt auf einer Bank, sein Blick fixiert auf zwei Schwäne, die unter den Zweigen einer Trauerweide Unterschlupf gefunden hatten. Er trank einen Schluck, dann noch einen, dann noch einen, dann fing er an zu husten und hörte lange nicht damit auf.

Das letzte Keuchen entwich ihm in der Wohnung, während er schon schlief. Seine linke Hand hing bis zur Hälfte in einer geöffneten Konservendose und hielt einen knappen Zentimeter Zigarettenasche zwischen den Fingern, der nicht zerfiel. Er lag ohne Decke nackt auf der Matratze. Sein Brustkorb bewegte sich, außerdem ein löchriges Geschirrtuch, das an den Rahmen des offen stehenden Fensters genagelt war.

Spätabends setzte sich mein Vater manchmal zu uns Kindern ans Bett und weinte. Seine Sorgen waren nie besonders rätselhaft, es ging um Mutter, die Familie, einen Streit, die Arbeit oder Geld. Viele davon kamen in regelmäßigen Abständen wieder und schienen für meinen Vater jedes Mal so ausweglos und unerträglich, als würde eine Welt zusammenbrechen.

Ron und ich stellten ihm Fragen, hielten seine Hand und streichelten sein Haar. Wenn es ihn beruhigte, streichelte er unseres.

Immer hörte er irgendwann mit dem Weinen wieder auf. Manchmal lachte er dann sogar. Oder er nahm uns mit in die Küche, schaltete das Radio des Stern-Rekorders noch mal ein und machte uns dreien etwas zu essen. Ron und ich blieben lange wach, saßen in Schlafanzügen auf der Eckbank und wurden albern, während er sich einen Kaffee brühte und die Nudeln vom Mittag aufwärmte. Die Abende, an denen mein Vater weinte, waren deswegen oft schöner als andere.

*

An die Hauswand gelehnt, stand ich in der Dämmerung des neuen Tages, presste meine Wange gegen den Beton und starrte in P.s Wohnung. Ich wusste nicht, wie viele Stunden schon.

P. war gerade aufgewacht und leerte den Inhalt einer Dose Bier, die er wie aus dem Nirgendwo gegriffen hatte. Keine fünf Minuten vergingen, bis er sich eine Kugel zurechtmachte und drückte. Wie körperlos bewegte er sich danach zum Klobecken. Er pinkelte oder schien es jedenfalls zu versuchen. Dann zog er sich die regennasse Kleidung von gestern an.

Er frühstückte in einer Ausgabestelle im Wedding. Immer wieder fiel ihm das Brot aus dem Mund. Seine Hand lag wie eine Pfote neben dem Teller auf dem Tisch und rührte sich nicht.

Er schob den Stuhl über das blanke Linoleum zurück, um aufzustehen. Teller und Messer trug er zur Durchreiche für das benutzte Geschirr, die durch eine runde Waschwanne mit braunem Wasser von der Essensausgabe getrennt war. Er sagte in diese Richtung *Danke*, drehte sich um, schloss die Druckknöpfe seiner Jacke, öffnete eine blaue Tür und ließ sie hinter sich zufallen.

Durch den stickigen Flur ging er zum Ausgang, suchte am Rand des Gehwegs nach einem rauchbaren Stummel, fand keinen, überquerte die Begrünung, die die Seestraße teilte, und bog dann in die Müllerstraße ein.

Das Essen war immer ein Krampf gewesen, der Küchentisch mit der roten Plastikdecke das Einzige, was uns alle miteinander zu verbinden schien.

Mutter schob gehetzt Gabel um Gabel in den Mund,

starrte auf einen Punkt in der Mitte des Tisches, und Ron sah so klein aus, als versuchte er, sich zu verstecken, während mein Vater unbedingt über die Familie sprechen wollte, über uns und die *unbegreiflichen* Probleme, die wir miteinander hätten, wobei er mit dem Besteck so fahrig durch das Essen auf seinem Teller streifte, dass ich dachte, er würde dort irgendwas verstecken. In den unerträglichen Pausen, in denen er einfach nur kaute, plauderte ich lachend meine Geheimnisse aus.

Ich erzählte von den Pornoheften, die Sven mit in die Schule brachte, von meiner ersten Zigarette, davon, wie wir Kinder in dem kleinen Waldstück zwischen unserem Haus und dem Dorftümpel, das wir *Dschungel* nannten, Vergewaltigung spielten, dass ich wegen eines Mädchens den Religionsunterricht geschwänzt hatte und das Taschenmesser meines Großvaters hatte mitgehen lassen. Oft brach auf diese Weise ein Streit aus, zwischen meinem Vater und Mutter oder zwischen Mutter und mir oder in einer anderen Konstellation. Manchmal rastete Mutter aus und schmiss ihren Teller gegen die Wand. Oder sie ließ uns alle einfach sitzen, knallte die Türen und ging in ihr Arbeitszimmer im Gästehaus oder fuhr mit dem Auto davon.

Kurz danach ging dann Ron. Und irgendwann ging auch ich. Mein Vater dagegen blieb in der Küche. Er schaltete den Schlagersender ein, kochte sich einen Kaffee oder machte ein Bier auf, schob seinen Teller beiseite und begann dann in aller Ruhe, so lange aus den Schüsseln und Töpfen zu essen, bis er fand, dass ein angemessener Rest übrig geblieben war, oder bis er einfach nichts mehr runterbekam.

Ab und zu ging ich zurück in die Küche, um zu sehen, was er machte, sollte den Knochenteller zu Axel bringen, wobei ich selbst die letzten Fleischreste von den Knochen nagte, und nahm dann ein paar Schluck aus seiner Tasse oder Flasche.

Eine Stunde später saßen P. und ich da und tranken. Das Bier im Eschenbräu schmeckte okay, und obwohl es mitten in der Woche und mitten am Tag war, gab es kaum noch freie Plätze. Ich kannte den Biergarten, weil ein Bekannter dort ab und zu hinterm Tresen stand.

P. teilte sich die Bank mit einem Mann, der Pizza aß, aber scheinbar ohne ihn zu bemerken. Ich saß direkt am Eingang auf einem Stuhl, der für die Pausen der Mitarbeiter bereitstand. Der Hinterhof war umstellt von hellgrauen Neubauten, die sich hoch in den Himmel schoben, den man als Ausschnitt sehen konnte, wenn man den Kopf hob, um sein Glas zu leeren.

Wir bestellten neues Bier. Ich hatte gute Laune nach dem ersten, es wirkte bilderbuchartig auf mich ein, und auch P., der in regelmäßigen Abständen ein Bein über das andere schlug, wirkte sorglos, sein Blick wanderte und er rauchte Fertigzigaretten, die einzeln vor ihm auf dem Tisch lagen. Ich sah ihn lachen, ohne erkennbaren Grund, und das indirekte Licht der Sonne, die zwar schien, aber es nicht ganz in den Hinterhof schaffte, machte ihn ganz alterslos, er hätte wieder Anfang oder Mitte zwanzig, vierunddreißig oder siebenunddreißig sein können. In seinem Gesicht gab es gar keine Spuren mehr, nur den weit geöffneten Mund und ein paar dunkle Lücken, wo früher keine gewesen waren.

Ich konnte die Amalgamfüllungen in seinen Zähnen zählen, wenn mein Vater den Kopf in den Nacken warf und lachte, als würde er zerspringen. Die Zähne sahen aus wie kleine alte Statuen, unordentlich aufgereiht in seinem Mund, voller Risse und brauner Verfärbungen, aber doch irgendwie wertvoll. Ich hatte die gleichen schief gewachsenen Schneidezähne wie er, bevor die Kieferorthopädin sagte: *So willst du doch nicht für immer aussehen,* und mir das Multiband anlegte. Dabei saß mein Vater in der Ecke auf einem weißen Stuhl mit Armlehnen, hielt seine im Schoß liegenden Hände, räusperte sich immerzu und lutschte an einem Eisbonbon.

Wenn er lachte, bestand daraus sein ganzes Gesicht, und es klang beinahe wie Gebrüll. Er lachte oft. Mit mir und Ron, auch mit Mutter, mit Freunden, Kollegen und den Alten, die er pflegte, am Telefon, an der Kasse des Supermarkts, beim Autofahren und auch allein, ab und zu hörte ich ihn bis in mein Zimmer.

Mit dem Weinen war es genauso, und er konnte dabei Hunderte von verschiedenen Gesichtern haben. Manchmal erkannte ich ihn kaum wieder. Er hielt die Tränen nie zurück, nur vor Mutter versuchte er es, guckte auf die Armband- oder Wanduhr, oder hörte den Motor ihres Wagens in der Einfahrt zum Hof und ging dann schnell aus der Küche, dem Wohnzimmer oder dem Garten ins Bad. Oft lief ich ihm nach und beobachtete vom Klodeckel oder Türrahmen aus, wie er sich die Augen mit kaltem Wasser wusch und dann Deo unter die Achseln sprühte.

Nichts hätte verräterischer sein können als mein

nach Fa Men riechender Vater, der unvermittelt wieder auftauchte, sich mit nassen Handflächen die langen Haare aus dem Gesicht wischte, die rote, feuchte Spitze seiner Nase, die Wassertropfen in seinem Bart, die gute Laune, die er vorspielte. Mutter wusste sofort Bescheid. Sie warf mir Blicke zu, die ich nicht deuten konnte, und brabbelte irgendwas vor sich hin, *Erbfehler* oder *Irrenhaus*, oder sie sagte deutlich hörbar: *Was habe ich nur verbrochen?*, so als könnte sie mit der ganzen Heulerei nichts zu tun haben, als handelte es sich bei ihrer Ehe um eine Verwechslung, während Vater das Radio einschaltete und damit anfing, einen Kuchen zu backen, Glühbirnen auszutauschen, oder die Post zu sortieren.

Die einzigen, mit denen er über Mutter sprach, waren Ron und ich. Und immer bettelten wir ihn an, sich zu trennen.

Wir erinnerten ihn an Freunde, die ihn und uns aufnehmen könnten, an Bekannte, die sich auch hatten scheiden lassen. Ich rechnete ihm vor, dass wir genug Geld hätten, ich sagte ihm, wie cool er sei, und dass eine andere Frau sich in ihn verlieben würde, zum Beispiel Lady Diana, weil ich wusste, dass er irgendwie verknallt in sie war.

Manchmal tranken wir Fruchtwein, und dann wurde er euphorisch und sagte plötzlich *Ja*. Er sagte wirklich *Ja*. Er beschloss irgendwas, schrieb es auf, rannte chaotisch durchs Haus und musste dringend mit jemandem telefonieren.

Am nächsten Tag war dann alles wieder vergessen. Ich nahm ihm das nie übel, dass er sich einfach nicht sicher war oder sich nicht traute, aber Ron fühlte sich verarscht und ausgenutzt und wohl vor allem auch allein, im Stich gelassen mit Mutter. Mit siebzehn zog er aus, aber auch schon vorher hatte er hauptsächlich bei seiner sechs Jahre älteren Freundin gewohnt, die ihm morgens Schulbrote mit Camembert und Oliven machte, ihn zu den Cocktailpartys ihrer Freunde mitnahm oder mit ihm nach Korfu in den Urlaub flog.

Trotzdem hörten Ron und ich nie auf, daran zu glauben, dass es eines Tages so weit sein könnte. Dass Vater es kapierte und einfach abhaute. Immer und immer wieder stellten wir uns ein anderes Leben vor, für Vater und für uns.

Der Tag mit P. endete vor einem der Eingänge zur U-Bahn am Rosenthaler Platz, wo sich sämtlicher Abfall zu sammeln schien, der aus den Eigentumswohnungen, den Galerien, Concept-Stores und Co-Working-Cafés gefegt wurde. Man überließ es Teenagern und Touristen, eine klebrig glänzende Schneise durch das Gröbste zu ziehen, bevor sie dann auf den Straßen der sternförmigen Kreuzung umherirrten und sich fotografierten.

P. stand gekrümmt an der Treppe und hielt das Geländer fest. Ich schätzte, dass er auf einen Dealer wartete. Mit lochartigen Augen starrte er die Stufen an. Manchmal schluckte er, manchmal schaffte er es nicht, und der Speichel lief aus seinem Mund auf den Beton.

Auf dem Weg nach Moabit regnete es. Als ich in meine Wohnung kam, war ich komplett nass und lief zum

Umzugskarton, in dem sich die Tüte mit den Tabletten befand.

Wie mein Vater sie kombiniert, wie viele genau er davon genommen, wer sie ihm verschrieben und wann er einen derartigen Vorrat davon angelegt hatte, hatte ich nicht mitbekommen, während es passiert war.

Mutter brachte am Tag vor der Beisetzung das Haus auf Hochglanz und drückte mir die Tüte in die Hand. Ich sollte sie zu den Mülltonnen bringen. Vor der Tonne öffnete ich alle Pappschachteln, las die Texte auf den Beipackzetteln, sah mir die Form der Pillen an und zählte die kleinen leeren Fächer der bereits angebrochenen Blister. Hass durchströmte mich wie eine Schlägerei.

Ich hatte die Tüte nicht in den Müll geworfen, sondern mit nach Berlin genommen. In Abständen holte ich sie aus dem Karton, in dem auch Kleider von meinem Vater lagen, und breitete ihren Inhalt vor mir aus.

Die Beisetzung war eine falsche und idiotische und würdelose Veranstaltung gewesen.

Im Umkreis unseres Hauses, über allem, was zu sehen war, wenn man aus den Fenstern schaute, über den Pflastersteinen und Blumenbeeten, dem schmalen Durchgang zum Garten, über der Hecke, den Nachbarhäusern, der Dorfstraße und dem Friedhof lag Schnee und der Eindruck, es wäre Weihnachten.

Der Friedhof befand sich so nah an unserem Haus, dass er, durch die Lamellen der Jalousie sichtbar, immer schon zum Wohnzimmer dazugehört hatte, wie das Billy-Blanks-Aerobic-Video im Wandschrank, das

Mutter meinem Vater zum vielleicht dreißigsten Geburtstag als Ergänzung zu einer Diät geschenkt hatte, der Golden Retriever aus Keramik auf dem Fensterbrett und Vaters Adressbuch auf dem Telefontisch, die Fernsehzeitung und die Fliegenklatsche neben dem Sessel.

Ron war einen Tag, ich zwei Tage vorher angekommen, weil ich mit Mutter die Leichenhalle hatte putzen sollen. Was ich ansonsten bis zur Ankunft von Ron in Zollfeldt machte, habe ich vergessen.

Alle sagen, die Zeit zwischen Tod und Beisetzung sei für die, die weiterleben, am härtesten, maximal verzweifelt, ein unwirklicher Raum, in dem zu existieren unmöglich erscheine. Doch dann komme das Unter-die-Erde-Bringen, dieser nachgeschobene Abschied, und also endlich Klarheit ins Chaos, Licht ins Dunkel, Gewissheit in den Zweifel und so weiter. Danach gehe man wieder zur Arbeit, trage cremefarbene Pullover und verabrede sich mit Freunden zum Kochen. Ich war gegen die Beisetzung gewesen, und blieb es. Aber unabhängig davon fand sie dann statt.

Am Morgen saßen Ron, Mutter und ich am Küchentisch und tranken Kaffee. Mutter nahm die dämliche Lokalzeitung und las. Ron ging ins Wäschezimmer und bügelte ein dunkelblaues Hemd. Ich betrachtete die CD auf der Ablage des Einbauschranks, die der Assistent des Pfarrers in dessen Sprechpausen auf einem tragbaren Musikrekorder abspielen sollte. Nacheinander gingen wir unter die Dusche, zogen in der feuchten Badezimmerluft die bereitgelegten Sachen an, föhnten die Haare vor dem beschlagenen Spiegel und prüften schließlich wortlos unser Aussehen in dafür freigewischten Gucklöchern. Ich glaube, das Radio lief. Ron versuchte ab und zu einen Scherz.

Als die Motorengeräusche der näher kommenden Autos in mein Bewusstsein rollten, die ersten Fahrzeuge im Schritttempo an unserem Haus vorbeifuhren, vor der Einfahrt parkten und sich dann Mutters Geschwister gewissermaßen als schwarzer Block durch die kleine Holztür neben dem Hoftor auf uns zu bewegten, um ein bisschen zu weinen, und in eine dumpf sich aufbauende Nervosität hinein die Kirchturmglocken zu läuten begannen, schaltete sich etwas in mir ab, und ich beschloss, keinen Widerstand mehr dagegen zu leisten, dass dieser Vorgang nun bis zum Ende durchlaufen würde.

Wir warteten. Dann zogen Ron, Mutter und ich die Mäntel an und gingen durch die weiße Haustür, die normalerweise verschlossen blieb, raus auf die Straße.

Der Abstand zwischen uns und den Leuten, die sich vor dem Friedhofszaun aufgestellt hatten, wirkte wie eine Bühne. Niemand machte Fotos oder applaudierte, aber wir wurden wie Schauspieler angestarrt. Ich guckte weg, auf den Boden zu den Käfern und Fugen, die ich beide nicht finden konnte, wir liefen über eisigen Schnee. Taubheit und Tränen kämpften sich gleichzeitig durch meine Brust, und parallel dazu spürte ich den Körper von Mutter, die mich an sich zog oder sich an mich presste. Ich konnte es nicht verhindern. Ein kleiner Transporter des Bestattungsinstituts war da, und eine Mitarbeiterin saß in der offenen Hecktür, füllte lautlos weiße Luftballons mit Helium und sammelte sie im kastenförmigen Laderaum. Irgendwo zwischen den

Fichten erkannte ich drei oder vier meiner früheren Freunde, und es kann sein, dass ich ihnen zulächelte.

In der Leichenhalle roch es nach Blumen und dem Mundgeruch des Pfarrers, der bald schon ein Blatt Papier in die Hand nahm, von dem er seine stichpunktartige Rede ablas. Mutter, Ron und ich hatten angeblich eine Urne ausgesucht, die auch irgendwo da gewesen sein muss, aber ich kann mich nicht an sie erinnern. Ein schwarz gerahmtes Foto meines Vaters mit der neuen Frisur, den kurzen, verschnittenen Haaren, stand da, auf dem ein Lächeln in seinem Gesicht war, das aussah, als würde er weinen. Es war umgeben von Tannengrün und Spruchbändern aus Plastik und Freesien, weil irgendjemand entschieden hatte, dass das die Lieblingsblumen meines Vaters gewesen waren, und an dieser Stelle etwa bricht meine Erinnerung ab.

*

Die Ratte fiel von der Putlitzbrücke auf die Betonplatten des darunter entlangführenden Gehwegs und verschwand im hintersten Winkel unter der Wendeltreppe. Ich konnte sie taumeln sehen. Ein paar Meter weiter, auf dem kleinen, von Büschen umwachsenen Platz, saßen P. und der Schiefe und auch andere, die ich nicht kannte, auf den Tischtennisplatten, tranken und rauchten. Was sie sagten, verstand ich nicht, denn gegenüber arbeitete die Müllpresse der BSR. Es war kurz nach zehn, in knapp einer halben Stunde machte die Fixerstube in der Birkenstraße auf.

Um halb elf stand P. dort auf der Eingangstreppe und

drückte mit beiden Händen seine Haare glatt. Dann verschwand er in der Tür. Kurz rieselten Bilder von in Stücke gerissenen Gesichtern, platzenden Venen und der Vergewaltigung eines Babys über mich, also rief ich Ron an, um mich abzulenken. Wir sprachen ein bisschen, Ron war in Plauderstimmung.

Als P. wieder aus dem Haus kam, sah er sich um und glitt dann sehr langsam drei Querstraßen weiter zur großen Kletterspinne auf dem Spielplatz an der Unionsstraße. Dort ließ er sich in den Sand sinken, lehnte sich ans rote Tau, rauchte und schlief dabei ein. Ich hatte längst aufgelegt, zündete mir auch eine an und sah von der Schaukel aus dabei zu, wie er vielleicht träumte.

In die Fixerstube in der Reichenberger ging P. nur selten. Ich schätze, die Gegend rund um den Kotti war einfach nichts für ihn. Dieser Abziehmodus der Straßenleute, bei dem das Markieren des noch so kleinsten Reviers permanent für sowas wie Krieg sorgte. In Moabit war der Vibe anders. Nicht, dass es dort nicht auch ein paar Verzweifelte gab, aber das Unglück verteilte sich besser. Es baute sich weniger Druck auf.

Regelmäßig duschte P. in der Birkenstube, bekam Essen und auch gebrauchte Klamotten. Einmal kam er dort aus der Tür und trug einen dunkelgrünen Anzug. Er war ihm zu groß, die Hosenbeine waren umgeschlagen, und die Schultern des Jacketts hingen über seinem schmalen Kreuz wie über einem Drahtbügel, aber er sah doch wirklich verändert aus, so angezogen, als wäre seine Situation eine ganz andere, als würde ihm die Welt ein bisschen offener stehen. Es war natürlich kindisch, das zu denken, das war mir ein Stück weit bewusst, aber ich konnte nicht anders, ich dachte es trotzdem, und für eine kurze Weile lief ich ihm nach wie jemandem, von dem ich nicht wüsste, was er als Nächstes tat. Mein Kopf war leer, P. in diesem Anzug ein freier Mann, und als er wenig später am Nordufer in die Böschung sank und einschlief oder das Bewusstsein verlor, brauchte ich einen Moment, um zu kapieren, was mit ihm los war.

Ob P. je versuchte, runterzukommen, weiß ich nicht. Mir war auch nicht klar, ob er über das Heroin hinaus krank war. Ich sah ihn nie zu einem Arzt gehen, nicht mal in eine Apotheke. Ganz sicher war er in der Zeit, in der ich mit ihm unterwegs war, nie in sowas wie einem Programm. Oxy kam vor, ich habe mitbekommen, wie er es mit einem Stricher, der wie ein Zehntklässler aussah, gegen irgendwelche anderen Pillen getauscht hat, aber Pillen generell nahm er nur selten, maximal zur Überbrückung, wenn sein Zeitplan fürs Drücken durcheinanderkam, weil jemand sich verspätete oder eine Bahn ausfiel. Im Sommer hatte P. ein paar kleinere Abszesse an beiden Unterarmen gehabt, da dachte ich, vielleicht würde er aufhören, aber stattdessen fing er übergangsweise mit dem Blech-Rauchen an, und keine zwei Wochen später waren die Arme wieder okay.

Natürlich gab es den Instinkt, ihm zu helfen. P., der zitternd vor mir lag, mit immer schwärzer werdenden, tränenden Augen, die in seinem blut- und dreckverschmierten Gesicht zwischen der Neonbeleuchtung der U-Bahn und ihren Spiegelungen umherjagten. Immer wieder hätte ich ihn am liebsten ins Krankenhaus gezerrt, ihm Geld gegeben oder Essen für ihn besorgt. Ihm gesagt, dass alles gut sei, dass er einfach atmen solle, meinen Arm um ihn gelegt. Doch jedes Mal starrte ich ihn nur an, unfähig zu irgendeiner Handlung. Es kam vor, dass ich so mehrere Stunden bei ihm stand. Oder ich stahl mich davon, in einer Weise überzeugt, ich hätte die Situation sogar herbeigeführt oder verursacht.

Ich hockte am Fußende des Bettes und sah meinen Vater an. Die Sonne hinter den Lamellen der heruntergelassenen Jalousie warf Lichtstreifen auf seinen Mund und seine Augenlider, auf die kraftlos in Falten geworfene Biberbettwäsche, unter der sich die Erhebung abzeichnete, die sein Körper war.

Etwa einmal im Vierteljahr, nach Silvester, bestimmten Familientreffen oder Dorffesten, oder wenn sein bester Freund aus dem Westen zu Besuch war, hatte mein Vater einen derart heftigen Kater, dass er den ganzen Tag auf seiner Seite des aus zwei Klappbetten zusammengeschobenen Ehebetts vor sich hindämmerte und in die rote Waschschüssel, später in die weiße Tupper-Schüssel kotzte. Die Wände des Schlafzimmers waren kahl, bis auf den einen Bilderrahmen, der Druck eines barocken Gemäldes oder so, auf dem sich ein Mann mit gelockten Haaren in einen Sessel lehnte und meinem Vater und mir einen Becher entgegenhielt.

Ich hörte ihn leise stöhnen und wollte mich zu ihm

legen, wie er meinen Hamster zu mir legte, wenn ich Bauchschmerzen oder Atemnot hatte, aber ich traute mich nicht, ich wollte ihn nicht stören. Ich wollte nichts falsch machen oder kaputt machen, aber es fühlte sich an, als würde mein Vater sterben, während ich dabei war und es zuließ.

Kurz vor meinem neunzehnten Geburtstag sagte er, er wolle mit mir reden. Wir saßen im Hof und guckten beide auf die rau verputzte Hauswand, hinter der Herr Bierpoor fünfzig Jahre lang Kette geraucht hatte. Wir hatten T-Shirts an und tranken Radler. Es stand fest, dass ich am Ende des Sommers ausziehen würde, um zu studieren.

Im vorangegangenen Jahr war ich kaum noch in Zollfeldt gewesen. Mein Vater hatte mir seinen silbernen Ford Fiesta überlassen, in den ich alle meine Kleider, Schulbücher und einen Kasten Sternburger gestopft und den ich als mein neues Zuhause betrachtet hatte. Ich besuchte Ron in Freiburg, hatte eine feste Freundin und dann eine andere feste Freundin. Wenn ich doch nach Hause kam, blieb ich selten länger als eine Nacht, oft sogar nur zum Duschen, Wäschewaschen, einen Kaffee oder eben ein Bier.

In einem Tonfall, der vermutlich ernst klingen sollte, aber vor allem angespannt und unsicher war, fing mein Vater an zu sprechen. Er blickte mich und ich blickte weiter die Wand an.

Dass er von den Flaschen, die sich seit Jahren regelmäßig unter meinem Schreibtisch gesammelt hätten, natürlich lange schon wisse. Dass ich doch nicht geglaubt haben könne, er bekäme das nicht mit. Dass ich ihm ansonsten zwar keinen Grund zur Sorge gäbe, er wirklich stolz sei, auch wegen meiner Leistungen in der Schule, aber er schon sähe, dass ich ein gesundes Maß des Trinkens überschritten hätte. Dass er es doch gemerkt habe, wenn ich um sechs Uhr morgens restbetrunken aus meinem Zimmer gewankt und dann so zur ersten Schulstunde gefahren sei. Er sagte, ich solle versuchen, damit aufzuhören. Er sagte, er wisse, es sei nicht leicht. Und dass auch Mutter mit mir darüber reden wolle, was natürlich gelogen war. Dass Mutter sich ebenfalls sorge und schließlich am ehesten wisse, wie es mir gehe, dass sie sicher den besten Rat für mich hätte.

Ich sagte: *Okay, halb so wild,* und: *Ich muss los*. Ich leerte das Radler, legte kurz die Arme um meinen Vater, holte noch ein paar Sachen aus meinem Zimmer, setzte mich ins Auto, zündete mir eine Zigarette an und fuhr zu dem Mädchen, mit dem ich gerade meine Freundin betrog.

Andere Versuche, mir zu sagen, was ich tun oder lassen sollte, gab es von ihm kaum. Standard war die Ansage, nicht so frech und vorlaut zu sein, nicht immer das letzte Wort haben zu wollen. Ab und zu forderte er mich auf, nicht zu essen, bis mir schlecht sei, oder wenn, dann wenigstens nicht darüber zu jammern – obwohl er, seit ich denken konnte, exakt das Gleiche tat. Mich abends nicht mit derselben Kleidung schlafen zu legen, die ich bereits den ganzen Tag über angehabt hatte – er selbst schlief immer nackt, damit, wie er sagte, seine Haut atmen könne. Einmal trat er mich zum Waschbecken unseres Badezimmers und ließ mich eine halbe Stunde lang die Zähne putzen, weil ich das seit ein paar Tagen nicht mehr gemacht hatte. Ein anderes Mal knallte er mir eine, als wir im Auto vor dem Haus seiner Eltern standen, weil er wollte, dass ich lächelte, wenn wir zur Tür reinkämen. Und dann eben auch die Bitte, weniger zu trinken, wie damals mit fast neunzehn, und dann noch ein paar Mal nach meinem Auszug, während der ersten Uni-Jahre.

*

Der Schiefe und P. standen auf dem Kunstrasen, der vor dem Imbiss 17. Juni ausgelegt war, und aßen Pommes. Das Mittagslicht des Spätsommers schien hell, ich konnte die Aknenarben im Gesicht des Schiefen sehen, die größer oder kleiner wurden, je nachdem, wie genau er zur Sonne stand. Er aß mit der Hand, P. mit einer blauen Plastikgabel, von der ein Zinken abgebrochen und von ihm vielleicht mitgegessen worden war. Sie sprachen, aber sahen sich dabei nicht an, sie sahen auch nicht auf die Pappteller, sondern einfach so vor sich hin.

Als die Teller leer waren, ging der Schiefe zum Imbissfenster und kam mit zwei Bier zurück. Er und P. tranken, befassten sich mit den Essensresten in ihrem Mund, spülten. Es war wie so oft, im Grunde passierte nichts oder kaum was, aber ich stand da und sah zu. Ich war wie schicksalhaft mit dabei. Und gerade, als ich wünschte, ich müsste endlich aufs Klo, oder wenigstens einer von ihnen müsste, damit sich die Sache in irgendeine Richtung entwickelte, sah mir der Schiefe, wie einer dieser Nachrichtensprecher, unvermittelt und direkt ins Gesicht. Und ich lächelte ihn an.

Es war ein vollkommen bescheuerter Reflex, ein Kurzschluss, denn eigentlich wollte ich erstarren, unsichtbar sein, hinter dem Bushaltestellenschild und den Bäumen und Büschen, zwischen denen ich stand, verschwinden und einfach aufhören, da zu sein, doch stattdessen hielt ich den Blick des Schiefen wie in einem Krampf fest. Gleichgültig oder gelangweilt starrten seine Augen in meine. Ich wagte keinen Seitenblick zu P., wollte schlagartig kotzen, verfiel in Panik und bekam keine Luft mehr. Und dann griff der Schiefe in die Brusttasche von P.s Jacke und zog eine Packung Tabak heraus, wobei er den Blick von mir abwandte. Ich senkte den Kopf, zählte die quadratischen Gehwegplatten unter meinen Füßen – fünf –, drehte mich um und rannte in den Tiergarten, so schnell ich konnte.

Danach war der Schiefe von der Bildfläche verschwunden.

Erst bekam ich es gar nicht richtig mit, aber nachdem drei oder vier Wochen vergangen waren, merkte ich, dass er irgendwie fehlte. In den seltsamsten Momenten dachte ich an ihn, und alles, was sein Verschwinden hätte erklären können, erschien mir derartig düster, dass ich nicht anders konnte, als darauf zu hoffen, ihn wiederzusehen. Ich hoffte einfach, dass er lebte. Ob P. wusste, was mit dem Schiefen passiert war, ließ sich an nichts ablesen, aber auch er schien eine Zeit lang auf ihn zu warten, ihn vielleicht sogar zu suchen.

*

Weil er mit Anfang zwanzig gegen einen Baum gefahren war, während er, wie es später hieß, versuchte, seine Sonnenbrille aus dem Handschuhfach des grasgrün lackierten Trabants zu greifen, hatte mein Vater an beiden Unterarmen um die dreißig Zentimeter lange, in S-Kurven verlaufende Narben, die aussahen wie die, die ich aus Comics kannte – von kurzen, schmaleren Querstrichen durchkreuzt, an den Stellen, an denen die Haut zusammengenäht worden war. Er erzählte, in beiden Armen hätten für längere Zeit jede Menge Schrauben gesteckt, sodass man, als Ron geboren wurde, seinen kleinen Körper in die angewinkelten Gipsarme meines Vaters habe legen müssen. Und dann seien der Gips und die Arme wieder aufgeschnitten und die Schrauben rausgeholt worden.

Die Schrauben lagen in einer durchsichtigen Plastiktüte in einem der Schubfächer der Wohnzimmerschrankwand, in denen ich herumwühlte, wenn meine Eltern am Wochenende zu Geburtstagsfeiern eingeladen waren, und ich den Abend allein vor dem Fernseher und mit aus Trinkhalmen und Papier gebastelten Zigaretten verbrachte. Einmal fand ich dort auch Kondome, in einem Etui, das mit Flamingos bedruckt war, und Ron sagte mir, er habe schon mal gehört, wie unsere Eltern Sex miteinander machten.

Wie die Haut an den Beinen, Knien und Füßen meines Vaters ausgesehen und sich angefühlt hat, weiß ich nicht mehr, obwohl er ständig in Unterhose oder Jeansshorts rumlief, auch noch im Herbst, aber an die Haut seiner Arme erinnere ich mich. Sie war durchzogen von den blassen tintenfarbenen Verästelungen seiner Adern, als würde in ihm ein Baum wachsen, aber wenn ich meine Finger hineindrückte, war sie so weich wie die Pfirsiche und Pflaumen, die im Sommer wochenlang im Rasen unseres Gartens verfaulten. Wenn seine Haut brauner wurde, schimmerten die Armbruch-Narben genau wie die Narben auf seinem Oberarm, die von der Pockenimpfung stammten und die gar nicht aussahen wie Narben, sondern wie sehr kleine Mondviolenblätter. Jahrelang hielt ich sie für das offizielle Kennzeichen Erwachsener, für eine Markierung, wie die Ohrmarken von Kühen und Schweinen, was mich gleichzeitig gruselte und neidisch machte und wütend, weil es schließlich um meinen Vater ging, und mein Vater, so dachte ich jedenfalls damals noch, gehörte zu mir.

An seinem siebenundfünfzigsten Geburtstag fand ich P. spätabends im Hauptbahnhof über das Geländer des obersten Stockwerks gelehnt. Er beobachtete vielleicht Leute oder Koffer, rauchte und trank.

Es war das erste Mal, dass ich ihn wirklich gesucht hatte, dass ich ihn unbedingt hatte sehen wollen und mein Vertrauen nach Sonnenuntergang auf einmal nicht mehr ausreichte, und als er dann endlich dort stand, war ich so froh, planlos und runter, dass ich aufs Klo rennen und mich einschließen musste, um mich nicht auf ihn zu stürzen wie ein Kind.

Der strenge Geruch des WC-Centers und das fließende Wasser beruhigten mich.

Er lehnte immer noch da, vertieft oder abwesend, als ich mit einem Piccolo-Dreierpack zurückkehrte und mich seitlich auf eine der Metallbänke setzte, um ihn anzusehen. Neben ihm stand eine halb volle Flasche Korn, nach der er nur selten griff, dann aber drei oder vier tiefe Züge daraus nahm. Im Profil sah sein Gesicht wie eine abstrakte Form aus.

Ob mein Vater seinen Geburtstag je gemocht hatte, weiß ich nicht. Nur dass es jedes Mal mehr als alles andere um den Einkauf im Super- und Getränkemarkt, das Backen und Kochen, das Abzählen der Gäste und Teller gegangen war. Dass er teure Geschenke nicht mochte. Und dass er, wenn alle Gäste da waren, in die Küche ging, angetrunken, mit rotem Kopf, und dort mitsang, was gerade im Radio lief, während Ron oder ich Salate dekorierten und die geschmierten Brote blumenförmig auf goldumrandete Teller legten.

Für seinen fünfzigsten Geburtstag hatte er schon ein Jahr im Voraus damit begonnen, Songtitel auf einer Liste zu sammeln, die auf der groß geplanten Party gespielt werden sollten. Als es dann so weit war, lief gar keine Musik, und mein Vater war in einer Verfassung gewesen, die es ihm nicht mal ermöglichte, zu sprechen. Er saß einfach nur so da, zwischen ein paar Nachbarn und Verwandten, und in seinem Gesicht spielte sich die Hölle ab. An seinem einundfünfzigsten Geburtstag war er nicht mehr da.

Noch etwa eine Stunde blieb P. so stehen, und ich wurde betrunken. Dann war der Tag vorbei, und sein immer kleiner werdender Körper, der sich in Richtung der S-Bahn-Schilder bewegte, zersetzte sich im Zwielicht der Glaskuppelreflexionen und der durch sie scheinenden Sterne, während ich die Melodie irgendeines Liedes von Udo Jürgens nicht aus dem Kopf bekam. An den Text erinnerte ich mich nicht.

*

Die Leute, mit denen ich die Afterhour, den Nachmittag und Abend verbracht hatte, trieben extrem plötzlich auseinander, es sah fast aus wie ein kleines Feuerwerk, und dann saß ich mit einer hellgrünen Super Soaker irgendwo in Kreuzberg auf einem Gehweg und spritzte Wodka-MDMA-Mische abwechselnd in meinen Mund und auf die Betonplatten. Ich fühlte mich blendend, weil endlich ein bisschen Ruhe da war. Es war gut, ab und zu unter Menschen zu sein, aber noch besser war es, wenn sie wieder weg waren und ich aufhören konnte, ständig zu lachen.

Die Super Soaker war leer, ich stand auf, und erst ein paar Sekunden später merkte ich, dass ich hellen Lichtern entgegenlief. Neben mir befand sich ein Metalltor, dahinter ein Sportplatz, auf dem Kinder schrien und rannten, und davor fraßen ein paar Nebelkrähen am Boden verstreutes Essen. Ich sah das goldene M von McDonald's an der gegenüberliegenden Straßenecke, Gestalten, die sich darauf zu bewegten, und dann kapierte ich auch wieder, wo ich war.

Für einen Moment dachte ich an Niki und hielt auch gleich schon das Telefon in der Hand, um es ihr zu sagen, auch, dass gerade die Sonne unterging und dass ich sie im Endeffekt eventuell doch sowas wie liebte, aber ich fand keine Nummer unter ihrem Namen, denn ich hatte sie gelöscht, das fiel mir wieder ein, und dann kam ich auf die Idee, dass ich wahrscheinlich Hunger hatte, oder Durst, und ging zu Shell.

Der Laden der Tankstelle fühlte sich an wie ein Zuhause. Die Luft war kissenartig weich, der vertraute Geruch von Aschenbecher. Ich schätzte, die Verkäuferinnen rauchten auf dem Klo, wenn nichts los war.

Wie vor diese Farbtafeln von Richter, die ich mal in irgendeiner Galerie gesehen hatte, stellte ich mich vor den wandfüllenden Kühlschrank, und der Eindruck, alles wäre vorhanden, alles wäre da, direkt vor mir, es würde an nichts mangeln, nichts könnte mir je wieder fehlen, war für ein paar Sekunden alles, was in mir stattfand. Ich öffnete die Schiebetür, nahm eine Dose des hochprozentigeren Biers, die kalt in meiner Handfläche lag, und ging damit zur Kasse.

Die Verkäuferin roch nach Kaugummi, vielleicht Cool Cassis, und hatte eine komplizierte Hochsteckfrisur. Ich sagte ihr, dass ich noch eine Schachtel Player's wolle und dass ich sie schön fände, was ich auch wirklich so meinte, weshalb ich sie anlächelte, aber sie lächelte nicht zurück. Sie schob die Kippen rüber, ich meine Geldkarte, und das war's. Ich ging widerwillig, aber ich wusste, es musste sein.

Die Zigarette schmeckte genau wie das, was ich nicht hätte essen können. Ich rauchte gleich zwei nacheinander, direkt vor der Tanke, und sah von hier aus schon die Backsteine der Kirche am Lausitzer Platz, die mich aus irgendwelchen Gründen, vielleicht einfach wegen der Art, wie sie dastand, an die Kirche in Zollfeldt erinnerte, und obwohl ich als Teenager entschieden hatte, dass Gott einfach zu weit weg für mich war, beschloss ich, dass es nicht schaden konnte, in der Nähe einer Kirche zu trinken.

Ich lief quer über die Skalitzer, unter der Hochbahntrasse durch und direkt auf das goldene Mosaik über dem Eingang zu, das mondgleich schien. Und daneben auf der Bank, die von einer Laterne beleuchtet wurde, zwischen den Stufen und einem Mülleimer, saß P., in sich zusammengesunken wie ein eingestürztes Zelt.

Sein Gesicht lag vollständig im Schatten, aber ich erkannte ihn sofort. Er trug die Kleidung, die er meistens trug. Seine Haare fielen, wie sie meistens fielen. Die Form der Hände, die in seinem Schoß lagen und einander hielten. Die Art, wie die Füße mit den Schuhen und die Schuhe mit den Pflastersteinen in Verbindung standen.

Ich war mir sicher, dass er nicht schlief, es ging nicht diese Ruhe von ihm aus. Stattdessen meinte ich zu sehen, dass er sachte zuckte oder zitterte, und ich hörte ein Geräusch, so wie das einer Eule, oder rauer, erst konnte ich es gar nicht einordnen, aber dann, ganz schlagartig, wurde, was ich sah, sehr deutlich und klar, wohl wegen der Gewöhnung an die Lichtverhältnisse.

Ich sah alle Züge in P.s Gesicht, alle Bewegungen, von denen es Hunderte auf einmal gab, und ich sah, dass P. weinte. Er weinte mit geschlossenen Augen und geschlossenem Mund. Die Stellen, an denen die oberen und die unteren Augenlider, die Ober- und Unterlippe sich berührten, bebten, und für eine kurze Zeit dachte ich, ich weinte auch. Mein Herz fühlte sich an wie ein Lagerfeuer.

Ich bewegte mich nicht von der Stelle, denn ich konnte oder durfte oder ich wollte nicht, und der Baum, unter dem ich stand, war mein Verbündeter. Mir kam der Gedanke, P. hätte sich sowas wie eingeweint, wäre in dem Vorgang des Weinens irgendwie stecken geblieben, denn es gab keine Entwicklung, keine Kurve, es wurde nicht weniger oder mehr, er weinte seltsam gleichförmig, unterlegt von diesem eulenartigen Krächzen, vielleicht ein Ringen um Luft, das regelmäßig zu hören war, und ich wollte mir sagen, dass diese Wiederholung es besser oder überschaubarer machte, aber es konnte doch auch das Gegenteil zutreffen. Ich wusste es nicht. Ich konnte nicht fühlen, was P. fühlte. Aber ich stellte mir vor, wir säßen auf weißen Plastikstühlen in einem Garten und unterhielten uns. Er sagte mir, was ihn bedrückte, und ich sagte ihm, dass ich ihn verstand.

Es gab diesen Sommer, in dem mein Vater und ich sowas wie Freunde gewesen waren. Oder wie Vater und Sohn, wenn zwischen beiden nicht allzu viel schiefgelaufen war.

Uns beiden ging es in dieser Zeit ganz gut. Es war mein drittes Jahr an der Uni, das deutlich besser lief als die vorangegangenen zwei, in denen ich versucht hatte, jegliche Überforderung, wovon es reichlich gab, mithilfe von Billigalk, der riesigen Glasbong meines Mitbewohners, und wechselweise wahllosem Sex oder totaler Isolation in den Griff zu bekommen, und dann für drei Monate im Krankenhaus gelandet war, wohl, um mich selbst zu überleben. Was geglückt war. Mittlerweile konnte ich mir vorstellen, das Studium als etwas zu betrachten, das nicht ausschließlich der Selbstdarstellung auf WG-Partys diente, außerdem hatte ich eine deprimierende Affäre auf Eis gelegt.

Mein Vater sah fast so gut aus wie in seinen Dreißigern. Seit eineinhalb Jahren war damals sein Vater tot, außerdem hatte er im Supermarkt das Light-Sortiment entdeckt und abgenommen, ging nachmittags mit Nordic-Walking-Stöcken in den Wald und schlief seltener vor dem Fernseher ein. Er hatte sogar eine Therapeutin.

Der Sommer war heiß, und die Sonne leuchtete die üblen Schatten in und rings um Zollfeldt vollständig aus. Einen Großteil der Zeit lag ich in den alten hautengen Jeansshorts, in die mein Vater, wie er meinte, so oder so nie wieder passen würde, auf den warmen, wie Knochen geformten Pflastersteinen im Hof, hörte *Der Mann ohne Eigenschaften*, trank Radler und wurde braun.

Wir redeten auch, aber es gab keinen Druck, es gab nichts, was wir hätten klären müssen. Normalerweise konnte es vorkommen, dass wir heftig stritten – mein Vater, der sich mit beiden Händen übers Haar strich, sagte: *Du bist natürlich wieder viel schlauer als alle anderen,* und mich ansah, als hielte er mich für Dreck, ich, der zehnmal hintereinander *Fick dich* schrie und ihn einen *erbärmlichen Schwanzlutscher* nannte. In der Sommerwoche, die ich meine, kam das, glaube ich, nicht vor, ich erinnere mich an keinen Streit, aber gut möglich, dass wir ein paar Mal zusammen geweint haben, das war eigentlich Standard.

Wenn Mutter am frühen Abend von irgendwelchen Geschäftsterminen nach Hause kam und ich das Geräusch ihres Wagens bereits zu hören meinte, sobald sie um die fünfhundert Meter entfernte Dorfkirche herum in unsere Straße einbog, sammelte ich mein Zeug zusammen, nahm mir ein Bier und verzog mich in den hinteren Garten, telefonierte oder machte einen Spaziergang, raus über die Betonplatten, auf denen es unmöglich gewesen war zu skaten, und weit hinter die letzten Stallbaracken in Richtung des Tümpels, in dem wir als Kinder baden sollten und an dessen Ufer ich als Vierzehnjähriger meinen ersten Zungenkuss mit dem Alkoholvergiftungsmädchen gehabt hatte.

Ob Mutters Stimmung gut oder schlecht war, sie Vater und mich einfach ignorierte oder zwanghaft mit abfälligen Kommentaren belegte, spielte eigentlich keine Rolle. Seit ich denken konnte, war sie diese Frau, von der ich nicht wusste, warum sie bei uns war, war sie mir vorgekommen wie ein Geist, der nicht gehen und der nicht bleiben konnte, der kalt in unserem Leben hing und uns dafür zu hassen schien, dass wir nicht waren wie sie. Ich weiß nicht, wen sie mehr hasste, Vater oder Ron und mich. Ich nannte sie *Mutter*, weil es keinen anderen Namen für sie gab, aber es war mir noch nie gelungen, ihr in die Augen zu sehen. Ob sie es gekonnt hätte, weiß ich nicht. Ich empfand ihr gegenüber eine Verwischung oder Zersplitterung aus Angst, Mitleid und Abscheu im ganzen Körper, die auch alle Wahrnehmungen und Gedanken betraf. Ich wollte einfach nicht in ihrer Nähe sein, es war schon immer viel zu kompliziert. Es war immer viel zu anstrengend.

In diesem Sommer fand Mutter, bis auf die überschaubaren Momente, in denen sie nach Hause kam und ich abhaute, gar nicht statt. Ich kann mich tatsächlich an keine einzige Begegnung erinnern. Wahrscheinlich machte auch das es meinem Vater und mir leichter, miteinander umzugehen. Es kam mir so vor, als hätten wir uns zum ersten Mal in einem Gleichgewicht befunden, in dem wir es zugleich für selbstverständlich und nicht selbstverständlich hielten, dass es uns beide gab.

Aber der Sommer ging zu Ende. Und was genau danach kam, habe ich vergessen. Der Sommer versank in einem dunklen Moor, wie in den Sümpfen der Traurigkeit aus der *Unendlichen Geschichte*. Weil es wohl so sein musste, passierte es, den Vorgang aufzuhalten war keine Option gewesen, und ich kann mich an den Vorgang auch gar nicht mehr erinnern.

Die Woche mit meinem Vater war vielleicht wie das Blühen einer dieser seltenen Pflanzen, das nur alle hundert Jahre vorkommt, und danach stirbt die Pflanze einfach ab. Als hätten wir beide im selben Augenblick dasselbe gesehen, oder als wären wir eine Episode lang in denselben Traum verwickelt gewesen, geträumt von uns selbst, oder einer höheren Gewalt.

Als der Tag zu Ende war, war ich immer noch drauf und sah aus wie zusammengeschlagen, aber ich wusste nicht, warum. Das Krankenhauslicht war beruhigend hart, und der Spiegel über dem Waschbecken in dem Zimmer, in dem ich auf einem Bett liegen sollte, bis ich nüchtern genug geworden war, um irgendwas zu unterschreiben, verwob es mit meinem Körper, den ich überhaupt nicht spürte, aber aus dem, soweit ich das einschätzen konnte, sowas wie meine Seele herausquoll, und als ich das sah, machte ich ein paar Handyfotos davon, weil ich mich einzigartig gut getroffen fand.

Ein paar Meter von mir entfernt lagen, hinter einem halb zugezogenen weißen Vorhang, die von dünner, graugelber Haut überzogenen Knochen eines alten Mannes, in dessen aufgerissenen Augen vermutlich das letzte bisschen Leben umherirrte. Ich stellte mich an den Rand des Bettes und sah ihn eine ganze Weile an, bevor ich seine farblose Unterlippe küsste, die zusammen mit dem Unterkiefer wie schon tot in seinem Gesicht hing, weil ich dachte, es wäre gut, noch einmal geküsst zu werden, bevor man stirbt. Er machte einen gequälten Laut dabei.

Ich ging auf den Flur, der still und leer war. Eine Wanduhr zeigte an, es sei 2 Uhr 12. Irgendwo am Ende des Ganges nahm ich Bewegungen wahr.

Und dann hörte ich mich lautstark pöbeln, den Ort, die Leute und die ganze *Scheiße hier* verfluchen, die ich gar nicht verstand. Meine Stimme hallte metallisch, als befände ich mich unter einer Glocke, ich hörte sie so, wie man eigentlich nur die Stimmen anderer hören kann. Eine Frau in weißem Overall kam auf mich zu und gab mir ein bedrucktes Papier. Ich überflog die Worte, aber konnte sie nicht zuordnen, während sie sagte, mein Verhalten sei *eine Schande*. In sehr kleinen Buchstaben schrieb ich meinen Namen auf ein anderes Papier, das sie behielt. Dann ging ich durch die Notaufnahme raus auf die Straße und in die Richtung, in der ich den Schäfersee vermutete.

Irgendwann wurde es hell. Nacht und Tag schoben sich träge ineinander, der Sonnenaufgang fühlte sich dicht und pelzig an, die Wolken bewegten sich nicht. Ich war müde. Ich hätte nicht hierbleiben, hätte irgendwann einfach nach Hause gehen sollen, aber immer wieder passierte mir das, grub ich mich, stundenlang auf- und abgehend, in eine immer tiefer werdende Spur der Gegenwart, in der die Idee, von P. wegzugehen, einfach nicht entstand. Und obwohl ich auch an früher dachte, war anscheinend, was ich wollte, hier sein, genau wie das Licht und das Ende des Herbstes.

In der Wohnung lief plötzlich Musik, der Radiowecker. P., über dem ein leerer Bettbezug oder ein Laken ausgebreitet war, wachte auf oder blickte jedenfalls zur Decke. Er zündete sich im Liegen eine halb gerauchte Zigarette an, die neben ihm am Boden auf einem Teller gelegen hatte. Mit der Hand schlug er eine Fliege tot. Dann rollte er zur Seite und machte sich, auf den Ellenbogen gestützt, einen Schuss fertig. Dabei hielt er die Kippe im Mundwinkel, und es lief, glaube ich, ein Song von Jon Bon Jovi. *Always.*

P. legte den Kippenrest auf den Teller, setzte sich auf, hustete, strich die Haare zurück, zog den Staugurt fest und drückte. Es sah so einfach aus, und auch ich hätte mir gern mal einen Schuss gesetzt, das dachte ich in dem Moment.

Ein paar Sekunden später sackte er in sich zusammen und zurück in die Matratze. Seine Gesichtszüge lösten sich auf. Es kam mir vor, als wären seine Augen zugleich offen und geschlossen, als würde er lächeln und nicht lächeln.

Ich lehnte an der Hauswand. Und da war ein Vogelpaar, das in einem kleinen grauen Kasten, der an die Fassade nebenan montiert war, sein Nest gebaut hatte. Im Wechsel flogen beide Vögel die schlitzartige Öffnung an, durch die sie hineingelangten. Schon den ganzen Morgen über schien die Sonne darauf, kurz bevor es Winter wurde, und ich hätte gerne gewusst, wie es von innen aussah, wie es sich darin lebte, und dann merkte ich, dass ich weinte, fast wie ein Kind, alles verschwamm, nichts ergab Sinn, ich konnte es nicht ändern und versuchte es auch nicht.

Wir saßen nebeneinander auf dem Sofa, ich war so nah es ging an ihn herangerückt. Es war nur ein paar Stunden her, dass ich mich ins Jenseits getrunken hatte, wie immer, bevor ein Besuch in Zollfeldt anstand, ich hatte nicht geschlafen und konnte mich kaum aufrecht halten.

Alles fühlte sich so schwer und kaputt an, dass ich schließlich meinen Kopf in Vaters Schoß legte. Er blieb ganz steif, rührte sich nicht, kurz sah ich zu ihm nach oben, traf auch seinen Blick, aber er reagierte nicht. Ich suchte mit der linken Hand seine Rechte, die wie leblos neben seinem Oberschenkel lag, und nahm sie. Sie war leicht und schwer zugleich, sie anzuheben machte mir seltsam Angst, aber ich ließ sie nicht wieder los, sondern führte sie hoch, bis zu meinem Kopf, wo ich sie ablegte. Die Handfläche meines Vaters lag auf meinem Ohr, und weil er immer noch nichts tat, nahm ich sie wieder, schob sie langsam vor und zurück und stellte mir vor, er würde mich streicheln.

*

P. saß auf einem betonierten Uferstreifen, vor ihm Berge aus Kohle, Aluminium und Rauch, ein Becken des Westhafens, in dem trübes Wasser stand. Die gesamte Fläche des Himmels bestand aus schwachem, rosafarbenem Leuchten. P. war allein, und ich musste wieder an den Schiefen denken.

Noch im September hatte es Tage gegeben, da hatte der Schiefe nur gepfiffen oder gegen einen Autoreifen getreten, und P. war sofort zu ihm hin. *Schiefer?*, hatte er gefragt, und *Scheiße* war die Antwort gewesen. P. rauchte dann den Rest einer Kippe, die in der Gegend lag, rotzte auf den Boden oder sagte ebenfalls *Scheiße*, ging schnorren für zwei Bier, und wenn er zurückkam, sah der Schiefe immer verändert aus, besser, war das Allerschlimmste irgendwie aus dem Blick des Schiefen verschwunden, vielleicht teilweise von ihm vergessen worden.

An anderen Tagen hatte P. direkt Heroin besorgt, weil klar war, dass der Schiefe nichts tun oder von sich geben würde, schon mit schmerzverzerrtem Mund, mit getrocknetem Blut und Sperma im Gesicht aufgewacht war. Gelegentlich lag er im Morgengrauen an einer Bordsteinkante. Und wenn P. dann mit Stoff zurückkam, konnte der Schiefe häufig sogar schon wieder sitzen, den Kopf in die Hände gedrückt, und wieder hatten sich seine Augen verändert.

Ich fragte mich, ob P. auch daran dachte. Während die Sonne unterging, kam Wind auf, und das Wasser fing an, sich zu bewegen. Ich hörte, dass P. leise redete. Ab und zu rauchte er eine. Ab und zu drehte er sich um.

Und dann löste sich das letzte bisschen Licht auf wie das Geschrei vereinzelter Möwen. Die Luft wurde eisig kalt, immer weniger war zu erkennen in der Dunkelheit, die alles zu schlucken schien. Drüben in den Siedlungen bellten die Hunde der Menschen, die nach Hause kamen, und was übrig war von Wolfgang Herrndorf, der sich dort zwischen Birken und Büschen erschossen hatte, am Ende des Sommers, der jetzt schon drei Jahre zurücklag, spiegelte sich in den schwachen schwarzen Wellen direkt vor P., in die er sich plötzlich übergab, fast ohne ein Geräusch zu machen, und danach verschwand er in der Leere hinter dem Ufer, während meine Augen sich an die Nacht gewöhnten.

Als es schon am Nachmittag immer dunkler und kälter wurde, ging P. manchmal ins CineStar, und ich ging mit. Ich schätze, er versuchte einfach ein paar Stunden in Mitte rumzukriegen und warm zu bleiben, bis irgendein Dealer kam. Einmal guckten wir *Die Peanuts – Der Film*. Ich kaufte ein Magnum, Popcorn und zwei Bier. Es war Kinotag.

P. setzte sich in eine der mittleren Reihen auf einen Platz ganz am Rand, ich blieb in der Mitte der letzten Reihe. Außer P. und mir gab es im Saal nur noch fünf Kinder und jemanden, der sie offensichtlich hierhergebracht hatte. Zur 15-Uhr-Vorstellung. Nach der dritten oder vierten Vorschau war P. dermaßen in seinen Sitz gesunken, dass ich davon ausging, er würde schlafen. Ich dagegen sah mir den Film an.

Für einen Film ohne Altersbeschränkung war ich ganz schön mitgenommen, aber ich hatte auch einen ziemlichen Kater. Ich musste nicht heulen oder so, dachte nur auf einmal ständig an Zollfeldt, an das Dunkelwerden im Sommer, Kohlensäure, die mir ins staubige Gesicht spritzte. Disteln auf dem Kieshaufen, über den das braune Fake-Barbie-Mobil preschte. Axel im Zwinger, der zum Mond jaulte, wahrscheinlich, weil er traurig war. Den Blick des Mondes, mitleidig oder enttäuscht, und meine Spucke, die durch die verbrannte Spiritusluft auf den graubraunen Sandweg tropfte, der den Hof vom Garten trennte. Den Schorf über den Wunden, den Dreck unter den Fingernägeln. Das Fleisch auf dem Teller, Knorpel, die in meinem Mund nie zu Brei wurden. Den Himmel, den Flugzeuge durchstreift hatten. Die Wäscheleine, auf der die nassen Handtücher über dem vertrockneten Gras hingen. Den Glanz in den Haaren und im Bart meines Vaters, seine Stimme, die sagte, es sei Schlafenszeit, und Mutter, die aus der Kneipe nur eine Schachtel F6 holen ging. Ich wusste es natürlich nicht, aber ich dachte, alles wäre anders gewesen, in der Welt von Charlie Brown.

Ich war mit beiden Bieren durch und musste aufs Klo. Obwohl mir die Peanuts egal waren, beeilte ich mich. Die blaue Auslegeware schluckte meine Schritte, als gäbe es sie gar nicht, und keine drei Minuten später stand ich wieder im Saal, hinter mir die schwarze Tür, vor mir die angestrahlte Leinwand und dazwischen der Platz von P., der auf einmal leer war. Ein samtbezogener Klappsessel, auf dem niemand saß. Für einen Moment war ich nicht sicher, ob ich mich im richtigen Saal befand, denn ich konnte auch die Kinder nicht sehen. Aber doch, da waren sie, ich hörte sie, und da war schließlich auch Charlie Brown.

Obwohl ich wusste, dass es vollkommen bescheuert war, fühlte ich mich verarscht oder ausgetrickst oder im Stich gelassen. Von P., von den Kindern, dem Bier, der Auslegeware, dem Vorgang des Pissens, diesem ganzen Kino. Dem ständigen deprimierenden Wegbrechen des Kontakts. Egal, wo ich war, immer wartete hinter der nächsten Ecke schon wieder das Ende von irgendwas oder irgendwem, und wahrscheinlich sollte ich mich damit abfinden oder sogar anfreunden oder irgendeinen Sinn darin erkennen, ein Naturgesetz, und etwas anderes blieb mir ja auch gar nicht übrig, aber ich fühlte mich nicht bereit. Ich wusste einfach nicht, wie es ging.

Ich sollte im kalten Zimmer bleiben und darüber nachdenken, was ich falsch gemacht hatte, aber es fiel mir nicht ein. Mein Vater war zur Spätschicht ins Altenheim gefahren.

Hinter dem Fenster, das zur Straße zeigte, grüßten mich die Männer auf den Treckern. Es wurde dunkel, ich sah mich selbst in der Scheibe und ließ die Jalousie runter. Staub schwebte durch die Luft. Ich sprach mit der Wand, hinter der die Mäuse in der Speisekammer Verpackungen fraßen. Ich konnte sie nicht sehen, aber hörte das Fiepen und Kratzen. Mein Hintern brannte, und ich legte mich mit dem Bauch auf den hellgrauen Teppich.

Ich stellte mir unser Ende des Dorfes wie in der Serie *Nachbarn* vor. Wie Mutter auf der anderen Seite des Flurs fluchend versuchte, den Videorekorder zu programmieren, Ron und die Zwillinge ihr zusahen und alle

Paprikachips aufaßen, und in der Küche wurden neben dem Herd die Kartoffeln und die dunkelbraune Soße kalt. Wie zwei Häuser weiter Denise in ihrem Zimmer *Dirty Dancing* guckte und die Mutter kam rein, um mit der Fast-Forward-Taste zu verhindern, dass Baby und Johnny es miteinander taten. Im Haus daneben starrte Sven auf die Muschi der Frau in einem der Pornohefte, die im Nachtschrank seiner Eltern zwischen dem Sexspielzeug lagen, und sein Vater, der ihn dabei sah, verpasste ihm ein blaues Auge. Gegenüber rauchten Erich und Gerda das Wohnzimmer warm, und direkt hinter dem Friedhof machte einer der Neonazis Melanie ein Kind.

Ich schlief, als mein Vater zurückkam. Er weckte mich, indem er nah an meinem Kopf meinen Namen aussprach, und ich sagte sofort, dass es mir leidtäte, also nahm er mich mit in die Küche und wärmte das Essen auf. Bei Mutter sollte ich mich auch entschuldigen. Sie saß vor dem Fernseher, neben sich auf dem Boden ein paar leere und ein paar volle Flaschen. Mein Bauch tat weh, aber ich ging zu ihr, und sie sah mich an, als würde sie mich gar nicht kennen.

*

Nach stundenlangem und total zermürbendem Umhergeirre, vom Schäfersee aus in alle Himmelsrichtungen der Stadt, einem geradezu schwachsinnigen Wechsel von Bahn zu Bahn und Bezirk zu Bezirk, waren wir am Hansaplatz gelandet. Mit geschwollenen Fingern griff P. die Schnapsflasche, die eine rothaarige Frau ihm hinhielt, und leerte sie, zehn, zwölf Leute um sich herum, die zurzeit wohl unter der S-Bahn-Brücke oder im Tiergarten lebten und von denen ich einige auch schon mal in der Birkenstraße gesehen zu haben glaubte. Ich hielt einen Schwedenbecher in der Hand, den ich mir bei Pingolino zum Mitnehmen geholt hatte, weil ich zu erschöpft war, um auch zu saufen.

Ich setzte mich auf die Mauer vor dem Parkplatz, der zu Rewe, zum Späti und zum Grillhaus führte, während P. und die anderen sich auf der verkümmerten Rasenfläche vor einer dieser Bauhausplatten ausbreiteten. Es sah aus wie ein Müllhaufen, in dessen Mitte P. sich langsam auf die Bank sinken ließ, auf der, irgendwie geduckt, auch schon die rothaarige Frau saß, ein bisschen so, als befände sie sich in einem Wartezimmer.

Ich stellte mich darauf ein, dass der Abend sehr lang oder sehr kurz werden würde, je nachdem, wie P. mit den Schmerzen klarkam oder ob es bei den Leuten hier vielleicht noch was zu holen gab. Ich hatte schon verstanden, dass er nicht wie üblich an sein Heroin gekommen war, dass irgendein Dealer weggebrochen sein musste, aber erst als ich sah, wie P. in der überfüllten S-Bahn sich selbst ankotzte und dabei hineinweinte in den wässrigen Brei, der an ihm runterlief, wurde mir klar, was das bedeutete.

Die Frau fing an, mit P. zu reden. Sie hatte ein müdes, aber schönes Lächeln, und sie guckte abwechselnd vor sich auf den Boden oder zu P. Sie trug ein Spaghettiträger-Shirt, obwohl es arschkalt war, und über ihren linken Oberarm verlief ein schmales Rinnsal Blut in Richtung Ellenbogen, das immer wiederkam, auch wenn sie es ab und zu wegwischte. Es war nicht zu erkennen, ob

P. auf sie reagierte oder nur noch mit sich selbst zu tun hatte, aber sie sprach immerhin, während es ansonsten nur groteske Laute und unverständliches Gebrüll gab. Sie war die einzige Frau hier. Am liebsten hätte ich ihr meinen Eisbecher geschenkt.

Zwei der Typen waren sicherlich keine sechzehn, andere vielleicht um die siebzig, also ziemlich am Ende. In unregelmäßigen Abständen machte sich irgendeiner auf den Weg in den Supermarkt und brachte neuen Alk, torkelten einige zu den Gehwegen und schnorrten ein paar Fußgänger an. Einer kam zu mir, und ich gab ihm meine Kippen.

Nachdem P. seinen ersten Rausch ganz gut weggesteckt hatte, mischte auch er sich unter die Leute. Er trank hier und dort, verschwand zeitweise in Ecken oder Sträuchern. Ich holte im Späti neue Zigaretten und ein Bier, weil ich doch auch irgendwas zu tun haben wollte, aber mein Magen machte nicht mit, also blieb ich nüchtern sitzen, ein bisschen wie im Theater, und sah mit an, wie irgendwo hinterm Tiergarten die Sonne verschwand, sich Himmel und Wolken verfärbten, wie Umarmungen und Prügeleien stattfanden und wieder aufhörten. Unzählige Flaschen wurden geleert und zerschlagen. Männer sackten weg und blieben liegen, Männer sackten weg und rafften sich wieder auf. Ich sah auch P., mit runtergelassener Hose, der von hinten die rothaarige Frau fickte, die nur noch zu stehen schien, weil er sie dabei gegen einen Baum drückte, der vielleicht eine Eiche war.

Und dann tauchte irgendwann der Schiefe auf. Zum ersten Mal seit Monaten, seit der Sache am Imbiss, seit dieser ganzen Zeit. Ich sah ihn nicht kommen, nur dass er plötzlich über den Rasen lief, in einer extrem fließenden Bewegung, aber mit einer Haut wie aus Wachs. Er wirkte deutlich weniger abgefuckt als noch zuletzt, als damals, er trug saubere Kleidung, sein Haar war geschnitten. Er begrüßte ein paar Leute, als würde er sie kennen, und bediente sich an einer Flasche Wodka oder Korn. Dann bemerkte er P., der ausdruckslos in der Gegend herumstand, und ging zu ihm rüber.

P. starrte ihn an. Der Schiefe sagte wohl etwas, aber ich konnte nicht verstehen, was es war. Dann sagte er noch etwas. Und dann schien es, als erwachte P. aus einem Alptraum, denn er riss die Augen auf und brüllte. Brüllte, und dann schlug er auf den Schiefen ein – der zähe, ausgemergelte Körper von P. auf den dünnen, langgliedrigen Körper des Schiefen. Die Schläge kamen auf wie Steine, es sah aus, als würde der Schiefe unter ihnen zerbrechen. Er ging zu Boden und hielt sich die Unterarme vor den Kopf, kauerte, nur für ein paar Sekunden, und als P. auch in die Knie ging, begann der Schiefe, schon während er sich wiederaufrichtete, wegzurennen, zu flüchten. Er rannte direkt Richtung Siegessäule, bestimmt einen ganzen Kilometer, es war ein nicht enden wollender Vorgang, und sein Umriss wurde so klein, es sah aus, als ließe er immer mehr von sich zurück.

Stunden später war ich bereit für ein zweites Bier. Die Gruppe war immer kleiner und versprengter geworden, und schließlich gab es sie nicht mehr. Im pissgelben Licht der Laterne wirkte es, als hätte der Erdboden sich aufgetan und bis auf die übelsten Reste den gesamten Haufen geschluckt oder in sich vergraben.

Wer noch hier war, lag abschaumartig da, und auch P. hing nun wieder auf einer der Bänke, seine Jacke war zerrissen, und er bewegte sich nicht. Es war eine kalte Nacht, Ende Januar oder schon Februar, und ich war dermaßen durchgefroren, dass ich gar nichts mehr davon merkte. Ich trank und lief den Gehweg rauf und runter. In der Dunkelheit hörte ich mein Schlucken und meine Schritte überlaut, auf der Altonaer Straße war es ruhig, fuhren nur vereinzelt noch ein paar Autos.

Als das Bier leer war, holte ich noch eins. Ich kam mir vor wie ein Kind, das vorhatte, die Nacht durchzumachen, also ging ich zurück zur Mauer, die mir mittlerweile fast wie ein Ort zum Leben vorkam, und von dort aus sah ich, direkt vor P., die beiden Jungs von früher am Abend, und sie zogen ihn aus. Als würden sie ihm das Fell abziehen.

Ich kann nicht sagen, was genau in mir vorging, es war nicht so, dass ich entschied, etwas zu tun, oder darüber nachdachte, im Gegenteil, mein Kopf war komplett leer, aber es gab eine Art Explosion, eine splitternde Bombe, die in mir einschlug, und so stürzte ich auf die Jungs zu. Ich ging wie ein Wahnsinniger auf sie los.

Meine Hände waren taub vor Kälte, und ich spürte nichts, während ich auf die beiden eindrosch. Hätte ich eine Waffe gehalten, ein Messer oder eine der zerbrochenen Flaschen, mit denen der Rasen übersät war, hätte ich sie vielleicht abgestochen. Ich kann nicht erklären, warum. Obwohl sie zu zweit waren, wehrten sie sich nicht oder kaum, es war fast so, als würde ich mich mit mir selbst schlagen. Ich rastete total aus, schrie sie auch an, irres Zeug, das mir in den Kopf schoss, und sie waren wahrscheinlich high, oder sie waren wirklich noch Kinder. Und dann, während ich gerade in sowas wie einen Rhythmus geriet, rannten auch sie, wie Stunden vorher der Schiefe, so schnell sie konnten davon, ich sah nicht mal, wohin, nur dass ich plötzlich allein war, wie abgeschnitten oder abgehackt, zurückgeblieben mit diesem Anfall und mit P., der halb nackt auf der Bank lag, unverändert reglos, vielleicht teilweise tot.

Seine Schuhe waren weg, aber Hose und Unterhose hingen noch an seinen Knöcheln, als säße er auf dem Klo. Mein Herz pochte, es schien zu zerplatzen oder unter allen Umständen aus mir raus zu wollen. Für einen Moment zerfiel alles, wovon ich geglaubt hatte, dass ich es wusste. Ich hatte keine Ahnung, wie ich so weitermachen sollte, ob das überhaupt möglich wäre, und parallel dazu beobachtete ich meine steifen, gelbweißen Finger, die die Hosen von P. griffen und sie in einer bizarren Geschwindigkeit über seine Beine zerrten, über seinen Hintern, und alles an P. war sehr, sehr leicht. Ich zog mir Schuhe und Socken aus und zog ihm die Socken über die Füße. Die Schuhe behielt ich, weil ich schließlich *kein Vollidiot* war, was ich sogar laut aussprach. Und dann, als wäre es das Normalste auf der Welt, ging ich wieder zur Mauer, setzte mich hin, nahm das Bier, das immer noch dastand, und trank es aus.

Vielleicht drei oder vier Stunden später, lange nachdem es hell geworden war und die Wege sich mit Radfahrern und Joggern, Müttern und Schulkindern gefüllt hatten, bewegten sich P.s Arme. Sein Kopf. Er richtete sich auf, stellte sich hin und lief ohne jedes Zögern zur Altonaer Straße und dann weiter. In welcher Verfassung er sich befand, nahm ich nicht wahr, aber auch ich stand auf, ging zur Eisdiele, die gerade öffnete, und kaufte mir noch ein paar Kugeln für den Weg.

Als brauner Haufen, wie die Erde neben einem ausgehobenen Grab, lag P. am Morgen danach auf dem bleichen Rest, den der Winter vom Rasen am Spreeufer hinter dem Hauptbahnhof übrig gelassen hatte. Ich hielt einen Döner in der Hand und warf das Fleisch ein paar räudigen Stadtmöwen hin. Ob P. high war, bewusstlos oder einfach aus Müdigkeit eingeschlafen, konnte ich nicht erkennen, aber jedenfalls atmete er, das meinte ich sicher zu sehen.

Und dann schob sich meterweit hinter ihm von links ein Schiff ins Bild, auf dem Menschen in gefütterten Jacken und Mänteln an Tischen saßen, vor sich dampfende Tassen, und sie winkten uns zu. Ich winkte nicht zurück, weil das nicht mein Ding war, aber die Vorstellung und Tatsache, dass sie P. und mich zusammen wie auf einem Familienfoto ansahen, brachte mich zum Lachen, also lachten die Menschen auch. Und so verschwand der Eindruck, die Situation wäre verzweifelt, P. läge im Sterben, und ich sähe mit einem Döner in der Hand dabei dazu. Und das machte mich irgendwie glücklich, obwohl im Grunde alles gleich geblieben war.

*

Wie ich von dem Selbstmordversuch meines Vaters erfuhr, der seinem Tod vorausging, habe ich vergessen. Es könnte sein, dass Mutter mich anrief. Oder Ron.

Es war irgendwann vor Weihnachten. Ich weiß, dass ich am Bahnhof in Altbrietzen ausstieg, was vorher noch nie passiert war, obwohl meine Eltern dort ihre erste gemeinsame Wohnung gehabt hatten, und auch die zweite, in der ich meine ersten vier Lebensjahre verbrachte. Es kam mir vor, als würde ich in ein verblichenes Foto von 1986 steigen.

Durch den Schnee und die Zeit lief ich zum Krankenhaus. Vorbei am Blumenladen, der auf der anderen Straßenseite in einem Container untergebracht war, über den Parkplatz, und dann zwischen die riesigen Nadelbäume, die wie Waldgeister sämtliche Gebäude umstellen und deren Äste vom gefrorenen Schnee niedergedrückt wurden.

Ich weiß, dass ich meinen Vater durch ein in eine Tür eingelassenes Fenster daliegen sah, allein in einem lachsfarben oder rosa oder hellbraun oder orange gestrichenen Raum. Dass seine Augen geschlossen waren. Dass er eines dieser Krankenhaushemden trug, die man am Rücken nur mit zwei Schleifen zubindet. Dass der Schlüssel zweimal herumgedreht werden musste, bevor die Tür aufging und ich zu ihm konnte. Dass eine Pflegerin oder ein Pfleger etwas zu mir sagte, aber ich begriff nicht, was.

Dann stand ich da und betrachtete ihn. Es kam mir vor, als wären wir sowas wie entkommen, als befänden wir uns in einer zerstörten Welt, in der nichts mehr wichtig war, nur die Tatsache, dass wir zusammengehörten, unser Blut teilten.

Mein Vater öffnete die Augen und sagte vielleicht meinen Namen, ich zog die Stiefel aus und legte mich neben ihn. Das Hemd war ganz starr und raschelte, aber darunter fühlte er sich sehr weich an. Er roch nach Tabletten. Ich legte meinen Arm und meine Hand über seinen Arm und seine Hand.

Sehr langsam und leise, als wäre er nicht sicher, ob er überhaupt noch etwas sagen könnte, fast so, als spräche er rückwärts, als bewegten sich die Worte nicht aus ihm raus, sondern in ihn hinein, sagte er: *Ich habe Scheiße gebaut.* Oder: *Ich habe Mist gebaut.* Oder: *Ich habe etwas ganz Schlimmes gemacht.* Ich bin mir nicht sicher. Er sagte: *Es tut mir so leid.* Und ich antwortete, es sei *alles gut, alles okay, alles kein Problem.* Ich sagte, er solle sich keine Sorgen machen. Ich sagte, wir bekämen das hin. Ich fragte, ob er Schmerzen habe, und er antwortete in der gleichen Weise wie vorher, ihm sei übel, wohl wegen des ausgepumpten Magens, und dass seine Handgelenke sich komisch anfühlten. Seine Gesichtszüge zerfielen vor Unschuld.

Wir lagen vielleicht zwei Stunden so da. Ab und zu sprachen wir, aber es handelte sich vor allem um Wiederholungen oder Varianten dessen, was bereits gesagt worden war. Ich half ihm, die Windel zu richten, die nur aus einem Netz und Watteeinlagen bestand und die vollkommen verdreht und halb runtergezogen zwischen seinen Beinen hing. Ich streichelte mit beiden Händen über sein Haar.

Ich glaube, ich ging, weil eine Pflegerin oder ein Pfleger mich dazu aufforderte. Wie genau ich den Raum verließ, erinnere ich nicht, nur dass ich meinem Vater versprach, so bald wie möglich wiederzukommen.

Während der Fahrt zurück nach Berlin trank ich drei oder vier Bier und lief, wenn ich an den Bahnsteigen auf Anschlusszüge wartete, unendliche Knoten in den Boden.

In der Ringbahn vom Westkreuz Richtung Moabit lächelte mich ein Mädchen an. Wir kamen ins Gespräch, und sie nahm mich mit zu sich nach Hause. Ich hatte vor, noch was mit ihr zu trinken und dann zur Party eines Freundes zu gehen.

Wir hörten Musik, machten ein paar Flaschen Sekt auf, ich las ihr irgendwelchen Schwachsinn aus meinem Kellnerblock vor, und sie spielte auf ihrer Gitarre selbst geschriebene Songs. Dann schliefen wir miteinander, und es gefiel mir, weil sie so tat, als würde sie den Sex oder mich tatsächlich mögen.

Ich wachte mit dem ersten Tageslicht auf, zog mich an, verschwand so leise ich konnte aus der Wohnung und machte dann einen langen Spaziergang, um in Ruhe noch ein paar Bier zu trinken. Genau genommen war ich zwei oder drei Tage unterwegs.

*

P. saß auf der Beusselbrücke, die über die S-Bahn-Gleise führte, und hielt einen Pappbecher in der Hand. Seine Beine lagen ausgestreckt und schlaff da, er lehnte zwischen zwei schrottreifen Fahrrädern am glitzernden Stahlgeländer. Es schneite ein bisschen.

Ich überquerte die Straße, zündete mir eine Zigarette an und hockte mich ans Geländer gegenüber. Es war nicht viel los, die Ödnis des frühen Nachmittags, und ich hatte P. gut im Blick, der zwar nicht zu schlafen, aber auch nichts zu sehen schien. Ich kannte diese Augen schon.

Ich fragte mich, ob er fror, ob der Körper von P. noch in dieser Weise funktionierte, mir jedenfalls war scheißkalt. Ich bekam Lust auf ein Bier und rauchte noch eine. Seit knapp einer Woche hatte ich nichts getrunken, wollte mal versuchen, ob es ging. Wenn, dann jetzt, im letzten Rest des Winters, dachte ich, weil es sowieso viel zu hart war, in diesem grauen Abfuck von Stadt mit den Katertagen klarzukommen.

Ein Bus stoppte an der Haltestelle. Wenige stiegen aus, niemand ein, es entstand eine irgendwie ganz sinnbefreite Pause, dann fuhr der Bus weiter.

Als ich mit der vierten Zigarette durch war, stand ich auf, hauchte mir den rauchigen Atem in die Handflächen und versuchte diese tauben Finger aufzuwärmen. Ich legte die Handfläche der Linken auf den rechten, die Handfläche der Rechten auf den linken Puls, was funktionierte, es war angenehm warm so, und dann sah ich wieder rüber zu P., der, unter einer dünnen Decke aus Schnee, ein bisschen wirkte wie aus einem Märchen.

Im März sah ich P. dann nur noch am Schäfersee. Etwas war anders als in den Monaten, die zurücklagen, irgendwie ging mir die Luft aus, die nötige Energie, um mit P. unterwegs zu sein, ihm zuzusehen, ihm nachzulaufen, sooft es ging mit ihm zusammen zu sein. Stattdessen verabschiedete ich ihn am Morgen, und am Abend oder in der Nacht wartete ich darauf, dass er wiederkam. Auf seltsame Weise hatte ich mich mit seinem Zuhause verbunden, und manchmal kam mir die Idee, ich selbst könnte sowas für ihn sein.

*

Nachdem ich die Tür hinter mir zugezogen hatte, hob mein Vater den Kopf und sah zu mir rüber. Später sagte er: *Zuerst habe ich dich überhaupt nicht erkannt*. Die Gardinen vor den Fenstern waren zugezogen.

Ich öffnete den Reißverschluss meines Parkas und setzte mich auf den Stuhl für Besucher, der seltsam unecht, wie ein Modell aus Papier, neben dem Krankenhausbett mit der beige bezogenen Matratze stand.

Mein Vater richtete sich mühsam auf und schob die Bettdecke zur Seite, unter der er einen orangefarbenen Pullover und Jeans trug. Beides klebte ein bisschen an ihm, wie nach einer Nacht im Zelt. Auf dem Pullover, zwischen Brustkorb und Schultern, lagen vereinzelt ausgefallene dunkle Haare. Die Gläser seiner Brille waren voller Fettflecken und Staub.

Als hätten sie gar kein Gewicht, oder als würde er dem Untergrund nicht trauen, setzte Vater die Füße auf das Linoleum. Dann stellte er sich langsam hin. Er beugte seinen Oberkörper über meinen Kopf, umschloss ihn damit und drückte sich an mich, während ich sitzen blieb, zittrig und verkatert. Kurz blieben wir so, und alles war still, dann bewegte er sich rückwärts, zurück an die Bettkante, an das Rohr, das die Bettkante war, und ich lehnte mich zurück in den Stuhl. Ein süßlicher Geruch blieb zwischen uns. Zum ersten Mal dieser Geruch aus meinem Vater.

Vom Stuhl aus suchte ich seinen Körper und sein Gesicht nach Begleiterscheinungen der Medikamente ab. Ich wollte wissen, wie viele Tabletten sie ihm hier gaben, und als ich ihn danach fragte, sagte mein Vater: *Zweimal mein Lithium – das, das ich schon immer nehme, einmal Blutdruck, und einmal etwas, das jetzt gegen die Depression sein soll.* In Altbrietzen seien es andere gewesen, von denen habe er erst mal runterkommen müssen. Ich sah, dass seine Mundwinkel gelblich verfärbt und wie taub waren. Die Haut in seinem Gesicht war ein bisschen aufgeschwemmt, vor allem über den Augenlidern, und auf allem lag ein glänzender Film, nur nicht auf den Lippen.

Mein Vater sagte: *Beim Mittag haben sie auf meinem Teller die Kartoffeln vergessen.* Er sagte: *Ich will hier nicht bleiben*. Und Mutter, die auch irgendwo im Raum gewesen sein muss, sagte: *Wir ziehen das jetzt durch.* Und dass sie für die neue Küche gerade eine Farbe ausgesucht habe, etwas *Mediterranes*. Mutter sagte: *So ist er zu Hause eh nicht zu gebrauchen.* Und mein Vater sagte: *Zwei Wochen, vierzehn Tage, meint der Arzt.* Und es sei auch egal, wohin. Hauptsache, das Gefühl, *ein Drücken im Inneren*, das auszuhalten in Zollfeldt unmöglich geworden sei, werde wieder erträglich. Mutter sagte: *Wir müssen abwarten.* Später hielt sie die Hand meines Vaters und sagte es wieder, und ich hielt seine andere Hand, umklammerte sie als Schutz vor der Kälte.

Im Bistro bezahlte Mutter Bratkartoffeln für sich selbst und für meinen Vater ein Stück Himbeertorte, das auf die Seite fiel, als er es aus dem Kühlfach hob. Außerdem Cola Zero und Kaffee.

Ich trug das Tablett meines Vaters und sah, wie er ging, sich setzte und wieder aufstand, um Kaffeesahne zu holen. Mutter hatte bereits aufgegessen. Sie sagte: *Lauwarm und beschissen.* Und mein Vater, der einen portionierten Plastikbecher mit Sahne festhielt, wimmerte: *Ich will arbeiten und nicht zu einer Kur. Ich will nicht mehr dieses Hin und Her.* Er drückte einen Teelöffel in den Tortenguss und durch die Himbeeren und durch die Buttercreme und durch den Teig. *Dann wirst du sehen, was du davon hast,* sagte Mutter mit einer Stimme wie früher in Richtung Zwinger. Mit der Stimme für den Hund. Ich sagte: *Du kannst machen, was du willst, Papa,* was er bejahte und dabei den vollen Löffel in den fast ungeöffneten Mund drängte. Ich trank einen Schluck Cola.

Und dann veränderte sich das Licht und es wurde mit aller Gewalt Abend. Ich umarmte und streichelte die rote Daunenjacke meines Vaters in der Dämmerung. Mein Kinn und meine Wange waren an seinen weichen Hals gepresst. Ich sah viel farbloses Laub auf der Straße, und am Kopf meines Vaters vorbei sagte ich: *Ich denke an dich.* Und etwas darüber, wie stark er sei – stärker, als es ihm jetzt gerade vielleicht bewusst sei. Mutter sagte: *Nimm den Weg dort drüben.* Und: *Dann trennen sich unsere Wege hier.*

Ich sah meinen Vater an. Die Mundwinkel, die sich nicht regten, und ein matter Schleier, der sich über seine Augen gelegt hatte. Er blickte wie zufällig zu mir und sagte: *Ja, ja. Du auch,* denn er hatte schon immer geglaubt, dass ich log, dass ich ein Lügner sei, das fiel mir in diesem Moment ein. Dann hob er die Hand, als wollte er winken, aber die Hand bewegte sich nicht. Und so hielt er sie, bis er mich oder ich ihn nicht mehr sehen konnte.

Ich dachte an den Urlaub in den USA, 1998. An die Kreuzworträtsel, die meine Eltern in ihren Koffern mit sich schleppten, daran, wie im Autoradio *If you're going to San Francisco* lief und sich schon da, an der Ausfahrt zum Flughafen Schönefeld, eine Art Abgrund in meinem Vater aufzutun schien. An sein Unbehagen in den amerikanischen Supermärkten. Zwei Wochen lang hatte er Angst, es nicht wieder zurück nach Hause zu schaffen.

An einer von einem zahnlosen Schwarzen besetzten Tankstelle in sowas wie einer Wüste, in der uns der Sprit ausgegangen war, nachdem wir eine der unfassbar langen Brücken Richtung Sacramento überquert hatten, versehentlich, aber ohne jede Möglichkeit zu wenden, und wir also gewusst hatten, dass es die falsche Richtung war, in die wir immer weiter fuhren, die wir immer weiter einschlugen, und die sich mit jeder Meile von der richtigen weiter entfernte, fünfzehn unverrückbare Minuten lang, weinte er schließlich. Mutter, Ron und ich taten unser Bestes, es nicht zu beachten, der Tankstellenwart kratzte sich am Kopf.

Später, während die Sonne hinter dem Horizont versank, der aus nichts als Himmel und Pazifik bestand, versuchte Vater sich zu trösten, in dem er sich in den Alkoven des Wohnmobils legte und die Augen zumachte, aber ich glaube, es gelang ihm nicht.

Erst vierzehn Tage danach, beim Anblick der vertrockneten Kübelpflanzen auf den Fensterbänken unseres Hauses in Zollfeldt, sah sein Lächeln nicht mehr aus wie eine aus Todesangst, Schuldzuweisung und Minderwertigkeitsgefühl zusammengesetzte Verzerrung.

Ich dachte an die Tage in Zollfeldt, in denen Mutter allein verreist war, und Ron und ich zu Besuch kamen, um unser altes Zimmer zu streichen, das nun wieder das *kalte Zimmer* geworden war. Vater, auf ich wusste nicht wie vielen Tabletten, saß wie zusammengenagelt in dem terrakottafarbenen Sessel, auf verschiedenen Stühlen oder neben mir im Auto. Und nur, weil sein Anblick mich selbst so starr machte, blieb ich und schaute zu, obwohl ich wegrennen wollte, zur Haustür, zum Ortsschild, zur nächsten Stadt. Zurück zum Bahnhof, in den Zug. Er hatte gar keine Haut mehr. Nicht wie ich mir wünschte, dass Haut war.

Vater machte Frühstück und Mittagessen, zwischendurch fuhr er mit dem Kombi ins Nachbardorf, um im SPAR Lebensmittel zu besorgen. Er kaufte oft dort, weil ihn der größere Supermarkt mehr anstrengte, und immer war die Hälfte der Produkte, die er dann aus der klappbaren Plastikbox auf den Küchentisch legte, schon abgelaufen. Ich konnte nicht erklären, warum, aber damals heulte ich, als ich auf der Eckbank lag und die in der Vergangenheit liegenden Haltbarkeitsdaten von den Verpackungen ablas.

Ron und ich redeten nicht darüber, warum wir das Zimmer strichen. Vermutlich ein Auslöschungsversuch, nur dass wir die Wände ja nicht einrissen, sondern noch eine Schicht drüberlegten, zum circa zehnten Mal schon, und das Zimmer sah sowieso niemand, außer mein Vater beim Blumengießen. Wir standen mit den Farbeimern in diesem Raum und versuchten, es so aussehen zu lassen, als wären wir niemals dort gewesen.

Als Ron wieder zu seiner Familie und ich wieder nach Berlin fuhr, dachte ich, ich käme vielleicht nie mehr nach Zollfeldt zurück.

*

An der Information am Eingang der Eschenallee 3 bekam ich ein in der Mitte gefaltetes DIN A6-großes Blatt Papier, auf dessen Vorderseite die Adresse und die dunkle Kopie einer Luftaufnahme des Benjamin-Franklin-Campus der Charité abgedruckt waren. Auf den Innenseiten gab es einen Lageplan und auf der Rückseite unter der Überschrift *Meine Notizen* vier kleine Kästchen: *Aufzüge*, *Etage*, *Bettenhaus* und *Station*. Darunter ein größeres, wieder mit der Überschrift *Meine Notizen*. Die kleinen Kästchen hatte der Mann hinter der Glasscheibe für mich ausgefüllt, nachdem ich ihm den Namen meines Vaters genannt und ergänzt hatte, ich sei sein Sohn. Aufzüge *2–3*, Etage *7*, Bettenhaus *I*, Station *18B*. Das Kästchen für *Meine Notizen* hatte er frei gelassen. Ich hielt das Blatt in der Hand und ging zu den empfohlenen Aufzügen.

Die Flure der Station 18B bildeten ein Kreuz. Eine Achse führte zum Eingang und in entgegengesetzter Richtung zum Behandlungsraum für die Elektrokonvulsionstherapie. Sie hatte eine gläserne Ausbuchtung, die der Essens- und Fernsehraum war. Direkt davor befanden sich mehrere Stühle, auf denen immer Leute saßen, oder neben denen Leute standen, die, wenn jemand vom Personal mich durch die massive Eingangstür ließ, entweder zu mir rüber starrten oder überhaupt nichts von mir mitbekamen, weil sie vermutlich mit sich selbst oder dem Sterbenwollen beschäftigt waren. Der Geruch hier war immer der gleiche, süßlich bitter, modrig. Ich schätzte, es waren die Medikamente, vielleicht auch Urin.

Das Zimmer, in dem mein Vater ein Bett hatte, ging, glaube ich, von der rechten Achse des Flurkreuzes ab, aber genau weiß ich es eigentlich nicht mehr. Wir waren während der Besuchszeit nie dort. Stattdessen saßen wir auf einem Sofa, das neben einem Heimtrainer stand, und dahinter befand sich, getrennt durch eine Glastür, das frühere Raucherzimmer, das jetzt nur noch ein Zimmer war, in dem die Patienten mit Gästen an einem Tisch sitzen und aus dem Fenster gucken konnten.

Manchmal saßen wir auch in einem Aufenthaltsraum, in dem mein Vater zu stricken versuchte. Bei einem meiner Besuche schenkte er mir einen leuchtend roten Schal, der gerade fertig geworden war, für sich selbst strickte er an einer Weste in derselben Farbe. Ich weiß noch, dass ich eine Pomelo dabeihatte und dass es das erste Mal war, dass mein Vater sowas aß. Einmal kam ich genau zur Abendessenszeit und durfte mich mit an den Esstisch setzen, mir auch eine Scheibe Brot schmieren und einen Joghurt nehmen. Ich glaube, einmal wurde erlaubt, dass wir zusammen spazieren gingen, aber es kann sein, dass ich mich täusche.

Ich erinnere mich an sein Gesicht und dass es fast gar keine Bewegung darin gab. Die gelben Mundwinkel, die beinahe unsichtbar zitterten, als würden sie ein Weinen zu verhindern oder zu verdecken versuchen. Seinen Mund, der so trocken war, dass immer wieder das Geräusch herauskam, das entstand, wenn er die Zunge vom Gaumen ablöste. Seinen Atem, der roch wie die Station, und dass er sagte: *Dieser Geschmack ist jetzt immer da*. Er hatte Hautstellen an den Schläfen, die schuppig und entzündet waren, und ständig tastete er unsicher dorthin. Seine Haare waren fettig und lagen fest am Kopf an. Ich weiß, dass ich seine Arme und Hände umfasste und dass sie sich wie etwas anfühlten, das nicht mehr lebte. Dass mein Vater steif und nach vorne gerichtet dasaß, während ich mich ihm zuwandte, oder mehr noch, mich an ihn heranzwängte.

Ich sprach während meiner Besuche in den Formeln ermutigender Sinnsprüche auf ihn ein, die ich alle wirklich ernst meinte. Ich wollte nichts mehr, als ihn davon überzeugen, dass er nicht länger leiden müsste, aber durch die Behandlung war sein Kurzzeitgedächtnis derart angeschlagen, dass er jedes Mal, wenn ich wiederkam, sagte, er habe alles, worüber wir beim vorigen Besuch gesprochen hätten, wieder vergessen. Ich brachte ihm eine gebrannte CD von Eckhart Tolle mit dem Titel *Lerne dich selbst zu lieben* mit, die ich selbst nicht gehört hatte.

Ich erinnere mich an keinen einzigen Abschied am Ende dieser Besuche. An nichts, was wir zueinander gesagt hätten, oder was ich dabei fühlte. Nicht daran, wie ich aufstand und von ihm wegging. Auch nicht, wie seine Augen dabei aussahen. Aber es war immer Abend, es war immer dunkel, wenn ich unter den eingeschneiten Kirschbäumen und Laternen der Wohnsiedlung rund um das Klinikgebäude auf vereisten Wegen zurück zur U-Bahn-Station ging.

Wie oft ich meinen Vater in der Eschenallee besuchte, weiß ich nicht, nur dass es mir vorkam, als hätte ich wochenlang nichts anderes getan, obwohl es tatsächlich vielleicht nur vier oder fünf Mal gewesen war. Oder noch seltener.

*

Zum Ende des Frühlings hin zogen sich P.s Spuren immer zerstückelter und zerfahrener durch die Stadt. Wann, wo und wie ich etwas von ihm mitbekam – nichts davon machte Sinn. Fast wie der Schiefe verschwand er und tauchte wieder auf, ohne System, beinahe magisch, oder vielleicht krank, wie eine Sinnestäuschung, eine Halluzination. P. flackerte.

Ich sah ihn morgens um 10 Uhr 30 auf der Rolltreppe des KaDeWe eine Kiste Champagner umklammern, vor meinem Stamm-Späti auf der Bank schlafen, in einem Taxi an mir vorbeifahren, irgendwo Richtung Grunewald. Ich kam dazu, wie er mit wem auch immer in ein Handgemenge geriet, niedergetreten und bestohlen wurde. Ich sah ihn ein Sandwich-Eis am Plötzensee essen, mitten auf dem Alex, in den Hecken des Hamburger Bahnhofs, und direkt vor seiner eigenen Haustür drücken. Ich sah ihn aus- und einsteigen, in Autos, Bahnen und Busse. Ich sah seine Augen. Ich sah seine Haare. Und ich sah seine Kleidung. Ich sah die gelbe Plastiktüte.

Ich hatte den Eindruck, ein großer Abbau war im Gange, die Auflösung von Allem. Die Szenen, die ich mit ihm erlebt hatte, trieben auseinander wie die Leute im Publikum am Ende der Vorstellung. Manchmal dachte ich, es hätte P. nie gegeben, manchmal dachte ich, wir wären ein und dieselbe Person, und dann wieder kam er mir vor wie ein vollkommen Fremder. Was dazwischen lag, war vermutlich die Wahrheit – die Tatsache, dass ich über ein Jahr mit ihm verbracht und kein einziges Wort mit ihm gewechselt hatte.

Und jetzt war es Juni, jeden Tag wurde es wärmer und klarer und lauter. Aber über P. und mir schloss sich der Himmel wie ein Vorhang, und ich bekam es zeitlupenartig mit.

Im Dezember vor dem Januar, in dem mein Vater starb, kam er mit dem Zug nach Berlin, weil er, wie er sagte, eine neue Winterjacke bräuchte. Ich holte ihn spätnachmittags am Bahnhof Alexanderplatz ab.

Wir kauften die Jacke gleich im ersten Laden. Er probierte zwei verschiedene an, eine silbergraue Daunenjacke und einen schwarzen Mantel aus irgendeinem Lederimitat, der eigentlich nicht warm genug war. Obwohl er sich beim Einkaufen nie beraten ließ, stellte er sich diesmal vor die Verkäuferin hin, ließ sie an sich herumzupfen und hörte sich ihre Meinung an. Ich machte sogar Fotos von ihm.

Anders als die Verkäuferin und ich ihm geraten hatten, entschied er sich für den Mantel. Außerdem kaufte er für uns beide jeweils einen Wollpullover, und in einem weiteren Laden noch zwei dünne Pullover mit Rollkragen in Rot und Blau, ein Fünferpack feingerippter Unterhemden und mehrere Paar Socken aus dem Wühltisch im Kassenbereich.

Was danach passierte, ob wir zum Beispiel etwas gegessen haben, weiß ich nicht mehr, aber ich glaube, er wollte recht bald den nächsten Zug zurück nehmen, wollte sich nicht länger als notwendig in Berlin aufhalten.

Als Mutter ein paar Wochen nach dem Tod meines Vaters seine Kleidung aus dem gemeinsamen Schrank räumte, um sie zu einem dieser DRK-Container zu bringen, wovon sie mit sowas wie Stolz zu sprechen schien, suchte ich ein paar Sachen aus, die ich behalten wollte.

Ich nahm eine kurze Latzhose aus Jeans, die mein Vater zuletzt in den Neunzigern getragen hatte, einen übergroßen schwarzen Pullover, einen schwarzen Pullover in Größe M, einen rot-blauen Freizeitpullover mit Reißverschluss und Taschen, einen schwarz-grau gestreiften Pullover, ein schwarz-weiß gestreiftes ärmelloses Shirt, eine beige Daunenweste mit rotem Innenfutter, zwei Schlafanzughemden und zwei quadratische weiße Stoffstücke, die mein Vater im Säuglingsalter als Windeln getragen hatte und die, wie ich von Mutter erfuhr, immer unter seinem Kopfkissen gelegen hatten, wenn er schlief. Eine braun-weiß gepunktete Unterhose aus hart gewordenem Polyester, die noch aus den

Siebzigern stammte, eine Unterhose mit Zebramuster, und dann die beiden Rollkragen- und den Wollpullover vom Alex, an denen die Preisschilder hingen wie Mahnmale, die das volle Ausmaß der Absurdität und Sinnlosigkeit und Unangebrachtheit, der Verzweiflung und der Traurigkeit dieses Einkaufsvorgangs und auch meines Verhaltens damals offenlegten. Oder in den Raum knallten.

Den violett-weiß gestreiften Frotteepullover, in dem ich meinen Vater zuletzt gesehen hatte, holte ich aus dem Wäschekorb, in dem sich auch andere getragene Kleider und Unterwäsche von ihm befanden, die Mutter später, wie sie sagte, in den Müll geworfen habe.

*

Bei einem der letzten Male, die ich P. antraf, bewegte er sich mit halb geschlossenen Augen durch die verbrauchte Luft in den Eingangshallen des Bahnhofs Zoo, in die sich wie eine Schlange das Tagesende schlich. Im ersten Moment dachte ich, er steuere einen nach dem anderen die Müllbehälter an, die sich entlang der Mittelachsen durch die Gebäude zogen, aber als ich ihn gegen die Glasscheibe eines Imbisses laufen sah, wurde mir klar, dass es anders war.

Benommen langsam, mit herabhängenden Armen, überhaupt einem ganzen Körper, der herabzuhängen schien, dessen Beine von einer Kraft in Bewegung gesetzt wurden, die nicht aus ihm selbst stammen konnte, sondern in ihn gefahren oder über ihn gekommen sein musste, im Grunde genommen leblos, glitt er über die Steinfliesen der Hallen, bis er gegen eine Begrenzung, eine Scheibe, eine Tür, einen Fahrplan oder einen Passanten stieß, kurz innehielt und sich dann in die nächstbeste Richtung weiterbewegte, bis es erneut zu einem Zusammenstoß kam und sich das Ganze wiederholte.

Ich sah nicht auf die Uhr, aber ich glaube, so ging es zwei oder drei Stunden. So lange war ich jedenfalls dabei. Ich lief mit P. mit, zog weite Bögen, tranceartig, vielleicht ähnlich weggetreten wie er, und machte mir vor, dass ich auf ihn aufpasste oder sogar für ihn sorgte.

Ein paar Mal versuchte jemand, mit P. zu sprechen, ihn irgendwie zu erreichen, vielleicht herauszufinden, ob oder wie ihm zu helfen sei. Alle anderen blickten in einer angestrengten Mischung aus Ekel und Angst an ihm vorbei, oder nur aus den Augenwinkeln zu ihm hin. Eine Gruppe Teenager lachte, ich hörte auch Beschimpfungen. Zweimal tauchten Sicherheitsleute auf, aber ließen sofort wieder von P. ab.

Ich fragte mich, wie nah er am Ende dran war an diesem Abend, ob ich mich verabschieden sollte oder musste, aber ich fand keine Antworten, und als es schließlich aus mir herausbrach, stand ich schon im Ullrichs an der Kasse und bezahlte eine Flasche Schnaps, deren Inhalt ich in großen Schlucken trank, wobei ich abwechselnd rannte und kauerte, ohne ganz zu begreifen, dass ich es tat und wohin ich wollte.

Es war egal, dass er den Song, den sie spielten, nicht mochte. Seine Hände am Lenkrad bewegten sich nicht, sein Körper im Wagen blieb eine ruhig gestellte Masse ohne Kern, innen und außen gleich taub. So stellte ich es mir vor.

Er sah nach vorn, wechselte die Gänge, summte, einem leisen Stöhnen ähnlich, und zählte die Bäume. Er dachte nicht daran, vor dem Haus seiner Mutter zu halten, während er das Dorf verließ, das als unlesbares Ortsschild im Rückspiegel verschwand.

Die Mittagssonne blendete ihn kaum, nur der Schnee, der in unförmigen Haufen über der Landschaft lag, wo er seit dem Ende des letzten Jahres nicht geschmolzen war, schien hell, strahlte kilometerweit, obwohl er immer dreckiger wurde, der Untergrund arbeitete sich nach oben. Es war das erste Mal seit Monaten, dass mein Vater fuhr.

Ich habe keine Angst mehr zu fahren, hatte er zu Mutter am beklemmend übersichtlich gedeckten Frühstückstisch gesagt, von dem beide etwas nahmen, nicht um es zu essen, nur, um es zu halten. Das reglose Gesicht des einen auswendig im reglosen Gesicht des anderen. Mutter hatte ihm geantwortet: *Tu es*. Sie hatten sich mit der Andeutung einer Umarmung verabschiedet, bevor sie in den Dienstwagen und er in den Kombi gestiegen war.

Und nun drückte die harte Sohle seines Winterstiefels gegen das Gaspedal. Er fuhr siebzig Stundenkilometer, unabhängig von Geschwindigkeitsbegrenzungen. Den Sicherheitsgurt hatte er nicht angelegt. Sein Blick versank in den unscharfen Konturen des Rahmens seiner Brille, den Zahlen auf dem Tachometer, der Farbe der Jacke, die über seinem Bauch spannte. Er nahm den direktesten Weg zum Bahnhof. Die Fahrpläne hatte er noch vor Kurzem geprüft.

*

Die Sonne brannte und war kein Punkt, sondern die gesamte Atmosphäre. Ich war glücklich, denn das Teil wirkte.

Für ein paar Stunden hatte ich auf der Ladefläche eines Trucks gestanden und mit dem kühlen Geländer getanzt, während irgendein Typ regelmäßig neue Gin Tonics brachte und vorgedrehte, nach Stärkegrad beschriftete Joints rauchte. Und dann war ich auf der Straße, schwamm durch Gesichter und Körper wie durch einen Fluss, und vor mir, als flirrende Spiegelung der Sonne auf dem Wasser, P., sichtbar und unsichtbar, je nachdem, wie viele Menschen sich zwischen uns drängten und wie ruhig ich meinen Blick halten konnte.

Ich hatte P. in der Menge erkannt, war vom Truck gestürzt, hatte ihn aber sofort verloren. Ich bewegte mich dorthin, wo ich meinte, ihn gesehen zu haben, und fand ihn. Ich verlor ihn und verlor ihn noch mal, und fand ihn wieder. Diffus strömte der Menschenfluss der Siegessäule entgegen, der Tiergarten eine paradiesartige Absteige, die jeden aufnahm, der vom Weg abgekommen war, P. zehn oder zwanzig Meter vor mir.

Wieder hatte ich ihn seit Wochen nicht gesehen, der Sommer hatte ohne ihn begonnen. Häufiger war ich am Schäfersee gewesen, ohne dass er auftauchte, ein paar Mal trieb ich mich in der Birkenstraße rum, aber P. tat es nicht.

Mir war klar, dass ich trippte, aber ihn so wiederzutreffen, nicht darauf gehofft, gewartet, hingearbeitet zu haben, sondern plötzlich, oder, wie mir vorkam, ganz grundsätzlich bei ihm zu sein, in diesem gleißenden Abstand, fühlte sich an, als begegnete ich Gott oder so, und weiter konnte es ja gar nicht gehen, dachte ich. Vielleicht war das endlich genug.

Mit verschwitzten Fingern schrieb ich Ron vier oder fünf kaum lesbare SMS, in denen ich ihm die Neuigkeit mitteilte, das erste Mal überhaupt ein Wort über P. verlor, und schaltete dann mein Handy aus.

*

Wir saßen in der U8, ich stieg am Alex ein, und P., vier Sitzgruppen vor mir, war schon da gewesen. Obwohl es Monate her war, dass wir zuletzt gemeinsam Richtung Schäfersee gefahren waren, kam es mir sofort selbstverständlich vor, war klar, dass wir genau das jetzt tun würden.

Es war Vormittag, so gegen elf, es ging noch aufwärts mit dem Tag, und ein paar Männer in Arbeitsklamotten trugen Sternis oder Köpis mit sich herum und richteten die wässrigen Augen auf das fade Vorbeirauschen der Stadt. Ich hätte auch gern ein Bier gehabt, aber wusste, worauf es dann hinauslaufen würde. Diese Wiederholung des In-den-Laden-Tretens und Noch-eine-Flasche-Kaufens, noch eine und noch eine und noch eine und noch eine, und die Flaschen wären immer schneller leer, ich käme kaum zum Luftholen, da müsste ich schon wieder in einen Laden und dort ein Bier aus dem

Kühlschrank holen, und gar nichts anderes mehr hätte Platz stattzufinden, in der Zwischenzeit, rein gar nichts könnte passieren, bis auf das Trinken selbst und das Noch-mehr-Trinken, das aber zum Sterben leer war, so kam es mir in letzter Zeit immer häufiger vor, todesartig.

Am Gesundbrunnen tauschte sich die Menge der mitfahrenden Leute einmal aus, nur P. und ich blieben sitzen. Bis zum Schäfersee waren es noch drei Stationen, knapp fünf Minuten.

Direkt nach der Osloer Straße wurde mir schlecht, oder ich bekam Hunger, und ich versuchte, in den Bauch zu atmen, damit irgendwas da reinkam, er was zu tun hatte. Ich sah P.s Hinterkopf, eine dunkle Farbfläche über der Lehne des Sitzes, mehr konnte ich nicht erkennen. Die Bahn bremste, und der Druck unter der Brust ließ nach.

Ich sah, wie zum Hinterkopf P.s linke Gesichtshälfte dazukam, seine Schultern in der Lederjacke, sein linker Arm, sein Hintern und seine Beine in Jeans und seine Füße in runtergetretenen Sandalen. Sein rechter Arm, sein ganzer Körper von hinten, der kleiner wurde, weil er sich weg von mir und auf die Waggontür zubewegte, die sich automatisch öffnete und durch die er ging. Ich sagte: *Bis dann,* und die Tür stand ein paar Sekunden lang offen. Ich sah P. über den Bahnsteig flimmern, dann schloss sie sich. Als die Bahn wieder anfuhr, machte ich die Augen zu. Ich hatte kein besonderes Bedürfnis, ich dachte, ich würde einfach gern noch ein bisschen sitzen bleiben, weiterfahren.

Ich fuhr bis zum Rathaus Reinickendorf, nahm die Rolltreppe, und als ich oben ankam, war alles grau, wobei ich nicht wusste, ob es die Gegend selbst oder das Wetter oder die Art war, wie ich guckte.

Ein paar Hundert Meter entfernt erkannte ich einen schmalen Graben, und dort ging ich hin. Links von einer kurzen Brücke waren in das Grabenbett drei Stufen eingelassen, es sah aus wie ein kleiner Wasserfall, und darüber, direkt über dem Graben, stand, gehalten von beiden Uferseiten, ein Haus, ich glaube, eine Kirche. Ich nahm den Sandweg, der parallel verlief.

Es waren kaum Leute unterwegs – ein älterer Mann mit einem Hund, eine Frau mit einem Kind, ein Mann auf einem Fahrrad. Ich pinkelte ins Wasser, folgte dem Weg bis zu einem Getränkemarkt, wo ich eine Coke kaufte und dann Richtung Süden in die nächste breitere Straße einbog.

Ein begrünter Mittelstreifen, Flachbauten, Ein- und Mehrfamilienhäuser. Zäune, Mauern und Hecken. Ein leer stehendes China-Restaurant, eine mit Rasengittersteinen ausgelegte Fläche vor einer Kneipe. Ein Friseursalon, eine Dönerbude, ein Kiosk, eine Bäckerei, ein Versicherungsagent, noch ein Friseur, ein Netto. Ich lief einfach geradeaus.

Rechts von mir befand sich ein Park oder Wald, teilweise umzäunt von Stacheldraht, davor eine Bushaltestelle und eine U-Bahn-Station. Die Karl-Bonhoeffer-Nervenklinik. Bonnies Ranch. Ein paar Männer mit dreckigen, verwundeten Gesichtern saßen zusammengerottet vor dem überdachten Eingang zur U-Bahn und unterhielten sich in einer Sprache, die ich weder verstand noch erkannte. Ein paar Leute warteten auf den Bus, vielleicht drehten sie durch oder hatten jemanden besucht, der durchdrehte – im Vorbeigehen war es schwer zu sagen. Eine Frau mit kurz geschorenen Haaren und Fellmantel sprach mit sich selbst, aber auch sie konnte ich nicht verstehen.

Ich lief weiter. Kaufte an einer Tankstelle ein Vier-Euro-Eis, das mir nicht schmeckte. Auf einer S-Bahn-Brücke entdeckte ich die ersten paar Tags und Graffitis. Ich suchte nach welchen der Kidz, aber fand keine. Stattdessen mehr Friseursalons. Mehr Supermärkte. Zwei Bestattungsunternehmen, wieder eine Tanke. Ich kaufte noch mal das gleiche Eis.

Ich dachte an den Morgen, an dem Niki, wie sie es nannte, *todesverkatert,* ein Dreierpack Tiefkühlpizzen aß, *zwar lange schon satt, aber noch in der Stimmung, zu kauen.* Wir waren damals erst ein paar Monate zusammen. An einem Standardabend hatten wir uns auf dreieinhalb Flaschen Rotwein eingependelt, immer ohne die vierte mit einzukalkulieren, weswegen es quasi zur Angewohnheit wurde, sich im Vollrausch aus den Vorräten ihrer Mitbewohner zu bedienen. Während der vierten Flasche redeten wir eigentlich nicht mehr, sondern saßen einfach auf dem roten Küchensofa, rauchten Kette, hörten Musik und starrten uns gegenseitig an. Auf meinem linken Unterarm habe ich eine Narbe aus einer dieser Nächte, weil auf einmal eine Rasierklinge zwischen uns gelegen hatte, es sollte wohl sowas wie ein Beweis oder eine Mutprobe sein, jedenfalls nahm ich die Klinge zuerst. Wie damals bei meinem Vater leuchtet die Narbe, wenn meine Arme im Sommer braun werden, neben den paar anderen – einer größeren, die von der Silberhochzeit meiner Eltern stammt, und mehreren kleinen von dem Tag, an dem Ron sich mit um die zwanzig in seiner Berliner Wohnung die Pulsadern aufgeschnitten hatte. Ich schob die Ärmel meiner Jacke hoch, sah mir die Narben an, als würde ich auf die Uhr gucken, und dachte: *Ist okay, Mario. Alles halb so wild.*

Eine Kirche. Zwei Autohäuser. Ein Kneipen-Café, eine Cocktailbar, ein Bräunungsstudio, eine Autowerkstatt, ein Grillhaus, eine Apotheke, ein Nagelstudio. Und dann der Kurt-Schumacher-Platz. Zweimal umkreiste ich die unübersichtliche, von seltsamen Heckenbögen und einem Hotel, einer Bowlingbahn, einer Bank, einer Shopping Mall, Burger King und Lidl begrenzte Kreuzung, bis ich kapierte, wie ich in den Wedding kommen würde.

Irgendwo parallel zur Müllerstraße, zwischen einem kasernenartigen Betriebsbahnhof der BVG und einer Kleingartenanlage, den Straßennamen nach mitten im Englischen Viertel, setzte ich mich auf den Bordstein, holte den Kellnerblock aus der Hosentasche und schrieb die Wörter und Redewendungen auf, die mein Vater früher häufig benutzt hatte. Sie kamen mir einfach in den Kopf.

Sachen wie *hingehuddert, zum Piepen, poppig, putzig, fetzig. Beene hoch – Amerika, frech wie Oskar, wie bei Hempels unterm Sofa, mein lieber Scholli, Jacke wie Hose, dasselbe in Grün.* Er sagte *Sergeant Pepper's Lonely* anstelle von *Red Hot Chili Peppers.* Er sagte *Freutag* statt *Freitag,* und *Schiete* statt *Scheiße.* Er sagte *Papa macht,* wenn ich

Hunger hatte, frische Wäsche brauchte oder generell, wenn ich ihn um etwas bat. Er rief *Huhu,* in zwei sehr hohen Tönen, und manchmal auch *Papa ist da!,* immer direkt, wenn er durch die Haustür reinkam und noch niemand zu sehen war.

Ich versuchte, mich an seine Stimme zu erinnern, aber es gelang mir nicht. Sie war zu weit weg oder zu leise, und sobald ich meinte, etwas zu hören, verschwamm es mit den Geräuschen der Straße. Aber an der Straße lag es nicht, das wusste ich, denn wenn ich in der Nacht allein in meinem Bett lag und nichts als mein eigener Atem und das Sirren des Kühlschranks mit im Raum waren, war es eben das, das Atmen und das Sirren, was das Hören seiner Stimme unmöglich machte.

Ich blätterte in dem Block, las ein paar Sätze auf ein paar Seiten. Über dem ersten Eintrag stand *23. April 2016,* was genau ein Jahr und fünf Monate her war – ich prüfte es auf meinem Handy.

Ich hatte P. an der S-Bahn-Station Schönhauser Allee gesehen. Ich hatte mich auf das Sofa meines Therapeuten gelegt und gelacht, dann geheult, und schließlich ohne jedes Gefühl das Muster der Deckenpaneele aus Styropor gescannt, wie eine Maschine. Ich war zurück in meine Wohnung gefahren, und auf dem Weg dorthin hatte ich mich komplett abgeschossen. Am Tag darauf traf ich P. wieder. Am Tag darauf auch. Am Tag darauf ebenfalls, dann wieder, und so weiter.

Ich steckte den Block zurück in meine Tasche, zerfetzte, löchrige Wolkenschichten schoben sich durch den Himmel. Unter das Grau Reinickendorfs hatte sich im Wedding ein gelbes Braun gemischt, vielleicht der Schein einer schmutzigen Sonne.

Statt Richtung Süden und nach Hause lief ich tiefer in den Kiez hinein. Die Luft roch nach Fleisch, der Asphalt fühlte sich seltsam weich an. Der Schillerpark war menschenleer, nur ein alter Mann joggte über den kümmerlichen Rasen, so langsam, als liefe er direkt in den Tod. Er sah müde und entschlossen aus, er hatte nichts anderes mehr vor. So erschien es mir jedenfalls.

Und genau das fragte ich mich. Immer wieder musste ich mich fragen. Ob es denn eigentlich nichts mehr gab oder gegeben hatte, das er noch tun wollte, nichts anderes, als aus dem Auto zu steigen und auf die Gleise zu gehen, über den steinharten Schnee, der Teer und Gehwegplatten bedeckte, vorbei an dem einsturzgefährdeten Bahnhofsgebäude, der Bushaltestelle, den grauen Containern für die Mitarbeiter der Bahn, dem Backsteingebäude, das vielleicht eine Lagerhalle oder eine Werkstatt oder gar nichts war, ich kannte es ja nur von außen. Und wer weiß schon, ob es überhaupt dieser Weg gewesen war, den er genommen hatte. Oder ein ganz anderer. Seine nackten Füße auf einer ganz anderen Oberfläche, in eine ganz andere Richtung, vielleicht im Zug und dann auf einer Straße, die ihm unbekannt war, aber warm von der Sonne, zwischen den Mauern der Stadt, egal, ob Tag oder Nacht, ob hier oder da, allein oder nicht, hungrig oder satt. Ob er nur noch das wollte oder gewollt hatte, fragte ich mich, nur noch Dasein oder Dastehen und Warten auf den Tod, nur noch tot sein, falls es das überhaupt gibt, falls er es so überhaupt wahrnahm oder beschrieben hätte. Ob er, während er dastand oder dagestanden hatte, dachte, so sei es das Beste, oder ob er dachte, er hätte keine andere Wahl, ob er Angst hatte oder gehabt hatte oder Sehnsucht, ob er sich wirklich sicher war und wie er ausgesehen hatte, wie genau sein Blick war, wenn man ganz nah herangekommen wäre, ob er hinsah oder wegsah, als er sah oder gesehen hatte, dass das Ende kam, und näher kam. Direkt auf ihn zu. Ob er es wirklich so wollte oder gewollt haben konnte. Ich wusste es nicht.

Ich lächelte zu dem joggenden Alten rüber, der es nicht sah. Ich überquerte einen Friedhof, bog erst in die Turiner, dann in die Amsterdamer Straße ein. Nauener Platz. Das Dujardin am Wasser, vor dem ich in irgendeinem Sommer mit den in die Jahre gekommenen, zugekoksten Kolleginnen von Niki getrunken hatte, und am Ende nicht zahlen konnte. Und noch weiter am Ende stritten wir, Niki und ich, und verloren uns, weil sie auf dem Weg zu meiner Wohnung aus Trotz oder Wut oder weil sie kotzen musste stehen geblieben war, ohne dass ich es mitbekommen hätte.

An der Fußgängerampel zwischen Brunnenplatz und Crunch Fit erkannte ich die Frau von der Bonhoeffer-Klapse wieder, den Pelzmantel, den geschorenen Kopf. Sie war in Begleitung einer anderen Frau, die sie zurückhielt, als sie zwischen die fahrenden Autos rennen wollte.

Ich ging in den Humana am Gesundbrunnen-Center, weil ich plötzlich das Bedürfnis hatte, mich umzuziehen. Ich kaufte eine schwarze Lederjacke und eine dunkelrote Fischermütze, wechselte die Jacke beim Rausgehen, setzte die Mütze auf und fühlte mich besser. Ich dachte auch daran, zu trinken, ich dachte die ganze Zeit daran, aber es fehlte mir an Überzeugung, ich war unsicher und verschob es auf später.

Der Weg in den Prenzlauer Berg war ganz hohl und irreal. Ich konnte mit dieser Gegend noch nie was anfangen, aber ich kam an einem Streichelzoo vorbei und streichelte ein Schaf, obwohl ich mir nicht sicher war, ob es das mochte. In Zollfeldt hatte ich jahrelang trainiert, mit unserem Hund zu sprechen, ich redete mit Axel über alles, aber das Einzige, was ich seinerseits verstand, war der traurige Gesichtsausdruck, dieses traurige Dreieck aus Augen und Schnauze, das immer da, schon in seinem Welpengesicht da gewesen war, und das konnte doch aber nicht alles gewesen sein, was er mir mitzuteilen hatte.

Als ich aus der Schule nach Hause kam und Axel tot war, hatte mein Vater ihn schon in einen Jutesack gesteckt, ich konnte sein Gesicht nicht mehr sehen. Ich fasste den Jutesack nicht an. Ich heulte, weil ich mich gar nicht mehr daran erinnerte, wann ich das letzte Mal mit Axel in den Garten gerannt und mich von ihm hatte umwerfen lassen, wann ich zuletzt seinen Hundefutteratem gerochen und sein Fell berührt hatte. Ich schämte mich, ich hatte nie genug mit ihm gespielt.

Mein Vater schlug vor, den Sack im Garten zu vergraben, im Gebüsch zwischen den alten Volieren und der Obstbaumwiese, wo schon ein schwarzer Grabstein lag, der zufällig mal irgendwo auf dem Grundstück gefunden worden war. Wir hoben mit Schaufel und Spaten ein Loch aus. Mein Vater nahm den Sack und ließ ihn hineinfallen. Ich glaube, wir sangen ein Lied oder beteten. Dann machten wir das Loch wieder zu. Ich pflanzte ein paar Blumen in die lockere Erde, ich weiß nicht mehr, welche, und legte einen Kreis aus Steinen darum. Als ich das nächste Mal nach dem Grab sah, liefen die Hühner darauf umher und hatten alles verscharrt.

Die Danziger Straße kam mir unfassbar lang vor. Eine erschöpfende Ungeduld überfiel mich, während ich Querstraße um Querstraße kreuzte. Ich wusste nicht, ob es daran lag, dass ich müde und hungrig geworden oder immer noch nüchtern war. Nur dass ich hier, auf dieser endlosen Straße, vor mich hin stolperte, ohne jeden Grund, das konnte ich mit Sicherheit sagen.

Beinahe knallte ich hin, als ich endlich den Bersarinplatz sah. Ich hastete in die Bäckerei 2000, kaufte zwei Streuselschnecken und einen Kaffee und setzte mich damit an den Rand der Verkehrsinsel, in das frische, im Wind zitternde Gras, um zu essen und zu trinken.

*

Mein Vater saß eingeklemmt zwischen der Kante des neuen Küchentischs und der frisch renovierten gelben Wand, die zum Wohnzimmer führte und an der das Stillleben hing, das Ron in der sechsten oder siebten Klasse gemalt hatte. Eine Teekanne, Brot, Käse.

Es passierte nichts. Nur die millimeterlangen Schlaufen des gestreiften Frotteepullovers krümmten sich entlang der Tischkante. Und ein schwaches Beben der blutleeren Lippen. Der Wunsch, für immer zu schlafen, den er in meine Richtung winselte. Die Augen dabei klar wie ein zugefrorener See, und darin starr gewordene Fische, Algen, tiefer dann Steine, Scherben, Schlittschuhe, Halsketten mit Anhängern, darunter die Erde.

Der Blick meines Vaters sank genau dorthin, in die Tiefe, an den Grund, zurückgezogen aus diesem Raum hier, aus dem Körper in dem Raum, aus der Beziehung, die der Körper zu irgendwas und irgendwem gehabt hatte oder eingegangen war, aus allen Zusammenhängen und Bildern. Tränen bedeckten das Eis, froren und verschwanden.

Und dann gab es eine Zeitschleife oder Zeitschlinge. Die Sekunden oder Minuten oder Stunden vergingen nicht mehr, mein Vater am Küchentisch eine sich in alles, was da war, einsenkende, einschneidende Wiederholung. Ich selbst sah ihn, wurde von ihm aber nicht mehr gesehen. Weil innen niemand mehr war, nur die Wiedergabe des Vaters, die Wiedergabe einer Person.

Ich habe vergessen, ob ich etwas sagte. Ob ich trotzdem etwas sagte, oder ob ich es einfach ließ. Es kam mir vor, als würde ich überhaupt nichts tun, dabei musste doch etwas getan werden, aber ich wusste nicht, was und wie, und dann, ohne ein besonderes Gefühl, ohne es zu denken, als gäbe es meinen Kopf nicht mehr, wusste ich auch nicht länger, warum.

Ich stand im dunklen Hof. Aus dem Küchenfenster fiel Licht, aber es war kalt, ein finsterer, abgründiger Schein, der nicht weit reichte. Nicht das warme Flackern einer Kerze, deutlich zu sehen in der Mitte des Fensters. Nicht die davon beschienene Fläche des alten Küchentischs, an der alten Stelle, und nicht mein Vater, der von dort aus in den Garten sah, zum angrenzenden Wäldchen, dabei sein Brot mit Messer und Gabel aß, allein, mit einem Gedanken an irgendetwas.

Alles bestand aus Schatten. Das Weingeäst, das das Haus umschloss, darunter die Kellerfenster, Luken, durch die mein Kinderkörper gepasst hatte, die Gipsfigur eines Osterhasen vom letzten Frühling neben einem Schnapsglas, in dem der Ableger eines Affenbrotbaums verfaulte, beides gestellt auf ein Holzbrett, das an die Steinwand montiert war. Der dreckige harte Schnee, angehäuft seit Wochen. Die Sterbegeräusche der verwilderten Dorfkatzenbabys, die alle in den ausgetrockneten Brunnen gefallen waren und nicht mal ertranken, sondern verhungerten. Oder sie starben aus Verängstigung. *Es waren süße Weiße gewesen*, hatte mein Vater gesagt.

Es gab eine Laterne über der Haustür und eine ganz dicht neben mir, aber niemand schaltete sie an.

In meinem Hals schob sich ein Weinen hoch. Mutter würde mich jetzt zum Bahnhof fahren. Nach zwei oder drei Minuten im Auto würde sie sagen: *Nun hast du es selbst gesehen, aber hinter dich gebracht*, und der Eindruck würde aufkommen, ich befände mich an einem schrecklichen Ort, als wäre Krieg auf meinem Platz, genau da, wo ich mich hingesetzt hatte, auf Krümel, Staub, Tabak, Bonbonpapier. Nach der Hälfte der Strecke würde eine gelblich weiße Färbung die Finger meiner beiden Hände überziehen. Im Autoradio würde Bob Dylan laufen. Wir würden allein auf der Allee fahren, uns würde kein einziges Auto begegnen, und plötzlich würde ich finden, die Straße wäre dafür auch viel zu schmal.

Ich werde nicht mitkommen, um dich zum Zug zu bringen, hatte mein Vater nach dem Abendessen gesagt. Ich werde nicht mitkommen, um dich zum Zug zu bringen.

Auch ich war ein Schatten. Den Gurt der Reisetasche quer über die Brust gespannt. Genauso Mutter, die nur als Schuhpaar im knirschenden Sand auf das verfickte Auto zulief.

Noch in der Küche hatte ich meinen Vater an mich gezogen und umklammert, eine Umarmung an ihn heran- oder in ihn hineingezwängt. Ich hatte seinen Bart und auch sein Ohr geküsst und ihm gesagt: *Ich liebe dich sehr.* Ich hatte seine Hände einen Moment lang gehalten, die hängenden Arme angehoben, ich hatte die frischen Eisschichten in seinen Augen gezählt – ich wusste nicht, wie es funktionierte, aber das tat es –, und dann hatte ich mich gefragt, ob ihm das als Abschied genügen würde, ob er es so tun und dabei belassen würde, ob es das für ihn gewesen sein konnte. Ich hatte genau darauf geachtet, wie lange das Ganze dauerte, ob er zögerte oder zögerlicher gewesen war, aber alles konnte auch eine Nebenwirkung sein. Der Zug fuhr in fünfundvierzig Minuten. Also war ich in den Flur gegangen, um mich anzuziehen. Und warum nur wollte er nicht mitkommen.

Auf dem Parkplatz vor dem Haus sprang der Motor an. Das Licht der Scheinwerfer fiel in eine Richtung, die gar nicht existierte, an allem vorbei. Ich stand allein in der kalten Januarluft.

Und dann erschien der farblose Körper meines Vaters im Türrahmen, während er die Hälfte eines Schrittes machte. Er stand seitlich zu mir gedreht – seine Füße in Hausschuhen, ein Teil seiner Hüfte und seines linken Arms für mich, der auf einmal ewig weit weg auf dem Gehweg vor unserem Haus stand, ewig ewig ewig weit weg, nicht mehr sichtbar. Das sah ich noch.

Wir riefen uns irgendetwas zu. Vielleicht war es gleichzeitig und keiner verstand den anderen. Möglicherweise war es ein insgesamtes *Ja.* Ein *Schön. Ja. Schön. Ja, genau. Genau.* Oder mein Vater rief: *Bis bald*, oder er rief: *Du wirst mir fehlen*, oder er rief nur: *Tschüss*, oder: *Adios Amigo.* Oder er rief einfach nichts. Ich krampfte Arm und Hand um das Gepäck, das an mir hing.

Und dann setzte es ein. Das langsame Verschwinden meines Vaters aus dem Türrahmen in die Finsternis des Flurs dahinter. Nicht nur der Blick, die Augen absinkend, sondern mein Vater als Ganzes, weniger werdend, durchscheinender, wegdriftend. Mein Entsetzen glitt in die Irritation, ausgelöst vom Ankommen oder Abfahren eines Zuges, in das Nicht-erkennen-Können, kommt er näher oder fährt er immer weiter weg. Es waren ganze Sekunden, in denen ich plötzlich nur noch dieser Frage nachhing, keinen Gefühlen dazu, keinen weiteren Gedanken, nur der Frage, als etwas total Isoliertes, das mit nichts und niemandem in Verbindung stand. Ankommen oder Abfahren, an oder ab, an, ab, an, ab. Dann das Abwarten, das Warten. Und dann die Antwort. Dass nichts mehr da war. Und dann erst die Panik. Denn nichts daran konnte mehr rückgängig gemacht werden.

Am Tag darauf rief Mutter mich gegen Abend an, weil ein ICE, der zweihundert Kilometer in der Stunde gefahren war, meinen Vater mitgenommen hatte, der sich entschlossen zu haben schien, auf den Gleisen auf ihn zu warten. Sie sagte: *Papa ist tot.*

Die Nachricht traf mich wie ein Stein, dem ich, bewegungslos in den Himmel starrend, beim Herabstürzen, beim Näherkommen, immer näher heran an den Kopf, zuzusehen verdammt worden war, vielleicht durch Ankettung. Es war die Bezeugung der Zerschmetterung des eigenen Hirns. Mutter identifizierte meinen Vater anhand der Marke eines irgendwo im Gleisbett gefundenen Winterstiefels. Ein mitten im Schädel angekommener Stein.

Ich wählte die Nummer von Ron und sagte es ihm, aber begriff nicht, wie ich das fertigbrachte. Ich riss alle Bilder von den Wänden meiner Wohnung.

Irgendwann kam eine Freundin und nahm mich mit in eine Bar, an dessen Tresen der Schauspieler Tom Schilling saß und mich ansah, während ich immer wieder durchdrehte und trank. Später rannten die Freundin und ich durch die Stadt und zündeten Weihnachtsbäume an, die überall auf den Gehwegen rumlagen, so viele, wie wir konnten, bis die Feuerwehr kam. Und dann ließ sie mich noch mit sich schlafen.

Vierundzwanzig Stunden später wartete ich im Hauptbahnhof mit Herzrasen darauf, dass der ICE einfuhr, in den Ron sich gegen Mittag gesetzt hatte. Die Lautsprecherdurchsage dröhnte in meinem Kopf. Dann stieg er wie ein kleines Kind aus und fiel mir in die Arme. Wir drängten uns Hand in Hand vorbei an den Leuten zu einem der Notausgänge, um zu rauchen und zu weinen. Ich weiß nicht mehr, ob wir gesprochen haben.

Zwei Tage lang lagen wir in meinem Bett, das in die hinterste Ecke des Berliner Zimmers geschoben war, in dem ich damals wohnte, fern des Lichtschalters und des Fensters. Ich schrieb manchmal eine SMS, und Ron rief seine Freundin an, die zusammen mit Elli in Freiburg geblieben war.

Als wir beschlossen, nach Zollfeldt und zu Mutter zu fahren, damit, was auch immer sie nun in sich hatte und wir ansonsten vorfinden würden, über uns ausgeschüttet werden konnte, hatten wir eine innere Festung gebaut, die notdürftig, aber besser als nichts war.

*

Ich wollte am liebsten direkt auf den See sprühen, aber dann sprühte ich doch einfach an das Haus. Es war vier Uhr morgens, und P. war nicht in seiner Wohnung, das hatte ich schon gesehen.

In meinem Kellnerblock stand absolut nichts Brauchbares, das war mir bewusst, und im Lichtgemisch, das die Straßenlampen und der tief stehende Mond erzeugten, entschied ich, dass ich genauso gut auch ein Bild malen konnte.

Ich benutzte *Shock Orange*, *Shock Yellow*, *Liberty*, *Tsunami*, *Teen Spirit* und *Blade*. Ich malte ein optimistisches Bild – Wirbel und Spiralen, Kreise und Bögen, aufgerissene lachende Münder und geschlossene Augen, Hände und Füße, Arme und Beine, Vögel und Wolken, Käfer und Blätter und ein I♥NYC-T-Shirt. Einen Wal und einen Wal, der in ihm lebte. Einen abspritzenden Penis und einen Hund. Eine riesige Wurzel. Ein Radio und ein Bett, einen Garten und einen Wald, eine lächelnde Sonne, einen Pfeife rauchenden Mond und eine Sternschnuppe. Tränen, die ein tränendes Herz gossen. Einen langen Weg, ein Auto, eine Lokomotive und eine Oase. Die Erdkugel, ein Yin-und-Yang-Zeichen, ein Nazis-raus-Zeichen, ein Peace-Zeichen und ein Gespenst. Eine Kerze. Ein Ufo und zwei Außerirdische. Ich malte die Geburt eines Babys, ein Porträt von Udo Jürgens, von Lady Di, von Ron und eins von mir, einen mehrstöckigen Kuchen voller Sahne, eine Flasche Schampus, ein Feuerwerk, und danach hörte ich auf. Ich hatte keine Ahnung, ob irgendwas von alldem zu erkennen war, aber das war auch so ziemlich das Egalste.

Ich war verschwitzt und der frühe Morgen angenehm kühl. Das Lösungsmittel-High breitete sich in mir aus wie eine Blumenwiese. Ich machte ein paar Schritte zurück, sah mir das Haus an und fühlte mich so gut wie schon lange nicht mehr. Die Sonne ging auf, alle paar Sekunden verfärbte sich das Licht, und alles sah aus, als würde es sich bewegen, auch die Wand und das, was ich gemalt hatte. Ich hörte das Geräusch eines Autos, vielleicht das erste Taxi, ansonsten war alles ruhig. Vermutlich hätte ich trotzdem abhauen sollen, irgendein Ferngesteuerter rief immer die Bullen, doch stattdessen nahm ich meinen Kram, setzte mich ein paar Meter weiter ans Ufer des Sees zwischen die Kastanien, die voller kleiner Früchte hingen, und rauchte in der zunehmenden Wärme ein paar Zigaretten.

Ich dachte nicht gerade viel dabei, ein Denken war, glaube ich, gar nicht da, aber als ich aufstand und mich dann auf den Weg machte, kam es mir so vor, als hätte ich eine elendig komplizierte Aufgabe gelöst, ein richtig hartnäckiges Ding, und obwohl ich es nicht beweisen konnte, würde ich sagen, lag ich wohl richtig damit.

Auf dem Weg nach Moabit kam ich am Plötzensee vorbei. Ich lief zu der Stelle des Zauns, an der ein fetter alter Mann schon Anfang April in Badehose ein riesiges Loch gebuddelt hatte, und kroch dort unter dem Zaun durch ans Wasser. Es war noch so früh, dass niemand da war.

Ich zog mich aus und ging schwimmen. Das Wasser war weich und kalt und roch nach Erde. Ich musste wieder an Herrndorf denken, der, wenn ich mich richtig erinnere, immer das gesamte Jahr über hier geschwommen war, ich glaube, ein paar Mal habe ich ihn auch getroffen.

Im späten Sommer 2013, als es gerade erst passiert war, dass er sich erschossen hatte, saß ich ein paar Mal am Kanal, genau dort, wo er es wohl gemacht hat, denn da steckte zwischen den Steinen ein kleines Kreuz aus Stahl. Ich habe immer seinen Blog gelesen und deshalb auch gewusst, dass er versuchte, eine Waffe aufzutreiben, und dann war ich für zwei Wochen nach Portugal gefahren, zu einer Frau, die ich beim Feiern kennengelernt hatte, und dachte schon, dass er in dieser Zeit vielleicht sterben würde, und dann kam ich wieder und er war wirklich tot.

Ich drehte mich auf den Rücken, weil ich dann nichts als den Himmel sah, und dabei stellte ich mir vor, ich wäre ein Stein, der einfach im See versank.

*

Ich träumte von meinem Vater. Meistens kam er zurück aus einem der Krankenhäuser, zurück nach Zollfeldt. Er kam ganz ohne Freude. Er folgte einer Leine, die an seinem Hals befestigt war und die er selbst in der Hand hielt. Er kam immer über den Hof, es war immer Frühling, aber es gab kein Wetter. Mein Vater bestand aus einer Oberfläche, die durchscheinend und trocken war, übersät von Linien, wie bei einem gepressten Blatt. Ich drückte mich an ihn, weil Sprechen eine undenkbare und sinnentleerte Sache geworden war, die man mit meinem Vater einfach nicht mehr tat. Immer erwiderte er die Umarmung, umarmte er mich auch, und ließ an sich riechen, sich befühlen. Er atmete den milden Geruch einer schweren Zunge, eines Mixgetränks, eines lange Traurig-gewesen-Seins über uns und die von Flechten bedeckten Pflastersteine aus. Ich atmete seinen Atem ein, strich über seine Hand. Mein Vater lebte, und dann wachte ich wieder auf.

Ich träumte von meinem Vater, der auf seiner eigenen Geburtstagsfeier an einer spärlich gedeckten Tafel saß, und ich hatte mich bei den Vorbereitungen gar nicht beteiligt, hatte nicht geholfen. Seine Haare waren noch lang.

Rechts neben meinem Vater saß ich und neben mir

seine Mutter, links seine Nichte, die mit einer sehr sauberen Hand ihren Teller füllte. Die anderen Gäste erkannte ich nicht. Er sah mich ernst an, vielleicht weil er enttäuscht von mir war, und sagte, dass alles nun einmal so sei. Ich tat so, als verstünde ich ihn nicht, und in diesem Moment begann er schon mit der Dankesrede.

Er bedankte sich bei seinen beiden Eltern, obwohl sein Vater ja schon tot war, und dann fing er an zu weinen. Voller Verzweiflung. Schon nach dem ersten Satz. Er sagte: *Es geht mir schlecht.* Und ich, der das sah und hörte und zu den auf der Servierplatte liegenden Hefekuchenstücken griff, wurde wütend, weil ich fand, dass er viel zu viel preisgab von sich, vor diesen Gästen, die gar nichts von ihm wissen wollten, und ihre Blicke wurden zwar wie magnetisch angezogen, von dem Ausdruck meines Vaters, aber eigentlich wollten sie wegsehen, ihre Augen zuckten. Sie stöhnten unterdrückt. Und ich, ich machte auch so ein Geräusch, weil ich einfach nicht wollte, dass meinem Vater das passierte, der immer noch sprach und jetzt versuchte aufzustehen, oder sich nur wand auf seinem Stuhl, und immer noch weinte. Und ich fühlte und erkannte genau den Moment, in dem er dachte: *Fickt euch doch alle, ich verschone niemanden.*

Er sagte sehr langsam, sich mit den Händen ins Gesicht fassend: *Jetzt bin ich so betrunken, nur weil ich mir ein kleines Glas Alkohol genommen habe* – und in der Sekunde, in der er *habe* sagte, fiel er seitlich vom Stuhl, und ich stürzte zu ihm hin, stürzte mich auf ihn.

*

Mitten in der Nacht wachte ich auf und fuhr zum Schäfersee. Ich ging zur S-Bahn, nahm den Zug, stieg um und schließlich aus, wie man im Halbschlaf aufs Klo geht, ohne dass es mir wirklich bewusst war.

Schon von Weitem erkannte ich, dass in der Wohnung Licht brannte, ein weicher, blassgelber Schimmer drang aus dem Fenster bis zum Gehweg. Kurz sah ich mich um, als ich davorstand, drückte dann das Fenster noch ein bisschen weiter auf und stieg ein.

Vielleicht so, wie ich mir das Ende, die Form des Endes von Allem vorstellte, lag P. neben der Matratze auf dem Fußboden in einer Pfütze aus Urin, die sich wolkenartig unter der Mitte seines Körpers ausgebreitet hatte. Er trug keine Kleidung. Ich konnte sehen, dass sein Atem stillstand. Ich konnte sehen, dass er kalt war. Eine bleiblaue Färbung überzog große Flächen seiner Haut, sein Gesicht war grau. Ich fragte mich, ob ich nicht wusste, wie es sich anfühlte, ihn zu umarmen, weil es nie stattgefunden, oder weil ich es einfach vergessen hatte. Ich war ganz ruhig. Das Bild durchströmte mich.

Ich sah seine offenen, trüben Augen und alle Wimpern. Die Landschaft auf seiner Stirn, die eingefallenen Wangen und den abgesunkenen Kiefer. Den dunklen Spalt zwischen seinen Lippen, wie der Eingang in eine Höhle. Die rechte Schläfe, den Übergang zum rechten Ohr. Den Ansatz seines Bartes, und den Ansatz seiner Haare, die so weich schienen wie immer. Ein kleines Stück seines Nackens, den Hals und den Kehlkopf. Ich sah seine zusammengeschobenen Schultern, darunter die Schlüsselbeine, die geschlossenen Achseln und die Brust. Seine Rippenbögen, die schmal und flach waren. Seinen Nabel. Seine von Einstichen, rotblauen und grüngelben Flecken übersäten Leisten. Den Penis, der zwischen seinen mageren Oberschenkeln lag. Beide Knie, beide Unterschenkel. Seine Fußsohlen und die Unterseite seiner Zehen. Ich sah seine Hände und Handflächen, die Form der Nägel, des Zeigefingers und die Stelle zwischen Ballen und Gelenk. Sehr lange betrachtete ich seine Unterarme. Ihr Anblick füllte mich vollkommen aus.

Irgendwann fühlte ich mich müde und legte mich hin. Mir war angenehm warm, ich spürte den regelmäßigen Schlag in meiner Brust, und es schien nichts anderes infrage zu kommen, als sowas wie Frieden damit zu machen.

Ich bin also nicht im Knast gelandet. Aber es kommt mir so vor, als hätte ich ein halbes Leben lang geschlafen, abgeschottet, eingesperrt. Einen fieberhaften oder narkotischen Schlaf, vielleicht den einen großen, der jeden weiteren unnötig macht. Und dann wachte ich langsam auf. Genau genommen bin ich wohl immer noch dabei.

Seit der Sache mit P. ist eine Menge Zeit vergangen. Ich komme auf etwa fünf Jahre. Die Stadt und die Leute haben sich kaum verändert, alles wiederholt sich, aber die Innenwände der S- und U-Bahnen sind mittlerweile mit den fahlen, kackbraunen UV-Marker-Spuren von CLIT zugetaggt, und die besten Wände gehören XL und YG.

Ich bin in den alten Osten gezogen und muss sagen, im Epizentrum des Partytourismus rund um die Warschauer Straße lebt es sich besser, als ich gedacht hätte. Am Morgen scheint die aufgehende Sonne als Reflexion von der Glasfront eines Bürogebäudes in die Wohnung, und der tägliche Wahnsinn, der aus der wabernden Grundspannung zwischen den Clubs und Spätis hoch in die Wohnung schallt, hat den Vorteil, dass ich mich eigentlich nie allein fühle. Es gibt eine abgerissene Frau, die sich zu unterschiedlichen Zeiten amokartig die Seele aus dem Leib schreit. Beim ersten Ton erkenne ich ihre zerschundene Stimme. Manchmal hockt sie mit zwei Sternis in der Hand auf dem Gehweg und kackt. Ich nenne sie Svenja.

Nachdem ich P. das letzte Mal gesehen hatte, gab ich meine Wohnung auf, wollte Schluss machen mit Berlin, reiste eine Weile planlos umher und kam dann doch wieder. Ein paar nicht schlecht bezahlte Jobs ergaben sich, und ich stürzte mich in Arbeit. Wenige Male nahm ich Kontakt zu Mutter auf und brach ihn so gut ich konnte wieder ab. Ich trank, aber immer häufiger trank ich nicht. Ich hatte Ideen, wie ich leben wollte, aber die meisten davon verwarf ich. Ich habe eine Frau kennengelernt, Edda, und es ist gut möglich, dass ich dabei bin, mich in sie zu verlieben.

Was Ron betrifft, gibt es kaum etwas zu sagen. Er kann mir, wie er zuletzt in einer E-Mail schrieb, nicht verzeihen, und seitdem stehen wir fast gar nicht in Kontakt. Wir wissen nichts mehr voneinander. Ron wartet darauf, dass ich ihm *alles* erkläre. Ein paar Mal habe ich es versucht, aber nicht hinbekommen, ich weiß einfach nicht, was er hören will. An Vaters zehntem Todestag schickte er mir ein Handyfoto von einem Blumenstrauß und sagte, er sei *Für Papa*. Es war seltsam, mir die Buchstaben der Nachricht als Worte von Ron vorzustellen. Wir haben so lange nicht gesprochen, ich weiß auch gar nicht mehr, wie er klingt. Gelegentlich sende ich Sprachnachrichten an meine Nichte Elli, die bald alt genug sein wird, um mich vielleicht allein zu besuchen.

Niki meldet sich alle paar Monate, wahrscheinlich immer vollkommen dicht. Gegen vier oder fünf Uhr morgens fragt sie, wie es läuft, oder schickt Youtube-Videos, also nichts, worauf wirklich eine Reaktion folgen müsste, und in den allermeisten Fällen lasse ich es auch sein. Ich denke fast nie mehr an sie, was wohl bedeutet, dass ich über diesen Irrsinn hinweg bin, aber ich möchte sie auch nicht treffen, um es eingehender zu prüfen.

Den Schiefen habe ich nie wiedergesehen. Ich kann ihn mir in verschiedenen Leben vorstellen, aber am wahrscheinlichsten ist wohl, dass er das eine, das er hatte, hinter sich gebracht hat. Wenn ich an ihn erinnert werde, höre ich das beklemmende Kratzgeräusch der Reue. Ich bereue meine Eifersucht und dass ich nie mit ihm getrunken habe. Ab und zu verwechsele ich ihn auf der Straße.

Wer P. wirklich war, habe ich nie versucht herauszufinden. Damals nicht, und in den Jahren danach ebenso wenig. Ich wollte einfach nie etwas Genaueres über ihn wissen, ich war nicht interessiert an einer Wahrheit über ihn. Oder über uns. Ich schätze, es kam einfach darauf an, dass P. da war. Dass ich im dunklen Spiegel seines Lebens meine eigenen Umrisse erkennen konnte, wahrnehmen, dass es mich noch gab.

Es wäre gelogen zu behaupten, dass ich wüsste, wer mein Vater gewesen ist, und in welcher Art von Beziehung wir tatsächlich zueinander gestanden haben. Mit jedem Jahr, das vergeht, weiß ich es weniger. Manchmal denke ich, es hat meinen Vater gar nicht gegeben, so unecht und ausgedacht kommen mir in Bezug auf ihn meine Erinnerungen und Gefühle vor. Oder als wäre unser gemeinsames Leben nur ein Neunzig-Minuten-Film gewesen, den ich vor zehn, zwanzig Jahren mal gesehen und währenddessen fünf Bier getrunken hätte. Mir scheint, worum es darin wirklich ging, habe ich längst vergessen, oder mir aus einzelnen hängengebliebenen Bildern neu zusammengedichtet. Ich bin dabei, mich daran zu gewöhnen, dass ich die ewige Bewegung der Vergangenheit nicht aufhalten kann. Dass die Bewegung selbst vielleicht sogar das Einzige ist, was wirklich zutrifft.

Ich habe eine Schublade voller Briefe und Grußkarten von ihm, die Fotos, das kleine Info-Blatt vom Benjamin-Franklin-Campus, ein paar abgestempelte Bahn- und Zugtickets und den Umzugskarton, in dem sich die Tüte mit den Tabletten befindet, die mein Vater zuletzt verschrieben bekam, außerdem Kleidungsstücke, von denen er einige schon getragen hatte, als ich noch Kind war, und andere, dem angehefteten Preisschild nach zu urteilen, nie. Auch der gestreifte Frotteepullover. Ich habe den Inhalt seiner Jacken- und Hosentaschen. Ich habe ein handgroßes steifes Kuscheltier, das aus der Kindheit meines Vaters stammt, dessen Arme eine Schlaufe bilden, in die man einen Finger stecken kann, und dann sieht es so aus, als würde das Kuscheltier ihn umarmen. Die beiden Stoffwindeln, die er sich immer unters Kopfkissen gelegt hatte. Den roten Strickschal. Den Golden Retriever aus Keramik. Eine goldene Armbanduhr, die ich nicht trage, aus Angst, sie zu verlieren.

Ich habe Ereignisse und Orte im Kopf, wie die Diplomfeier von Ron, auf die der damals erste Krankenhausaufenthalt meines Vaters gefolgt war. Meinen Umzug nach Berlin in einem, wie es hieß, Jahrhundertwinter. Einen Sommer, in dem alles wieder gut zu sein schien. Einen ersten Selbstmordversuch. Und die verschiedenen Kliniken, in denen er im Anschluss gewesen war. Die Eingangshalle, den Fahrstuhl und die Flure der Psychiatrie in der Eschenallee 3. Den Weg dorthin von der Haltestelle Neu-Westend durch den Schnee. Weihnachten, ohne dass wir etwas voneinander gehört hätten. Und das letzte Mal, dass ich ihn gesehen habe.

Ich bringe durcheinander, wann es meinem Vater gut oder besser, schlecht oder schlechter ging. Wann besonders schlecht. Wann wir wie viel Kontakt zueinander hatten. Wann es überhaupt keinen gab. Ich verstehe nicht, wie der hoffnungsvolle Sommer möglich gewesen war. Ich weiß nicht mehr, ob wir uns in den letzten Monaten stritten. In einer E-Mail an Ron habe ich gelesen, dass Vater mich wohl ein paar Mal nicht hatte sehen wollen. Dass er mich gebeten hatte, ihn im Krankenhaus nicht zu besuchen.

Auf einem alten Laptop habe ich Fotos gefunden, gemacht mit der PC-Kamera, von meinem Vater und mir in der Cafeteria des Altbrietzener Krankenhauses, etwa zwei Wochen, nachdem er versucht hatte, sich mit Sambuca und Betablockern zu vergiften. Ich weiß nicht, warum ich den Laptop mit ins Krankenhaus genommen hatte, ob ich ihm etwas zeigen oder vorlesen wollte, jedenfalls testeten wir die kitschigen Rahmen und Filter, herabfallende Schneeflocken, aufsteigende Herzen, Schleifen und *Vielen Dank-* oder *Herzlichen Glückwunsch*-Schriftzüge, und auf einigen Fotos sieht mein Vater ein bisschen amüsiert, auf anderen verunsichert oder skeptisch aus. Ich habe nicht die geringste Ahnung, was in ihm vorging, wenn er sich selbst sah. Oder mich. Auf einem Foto guckt er zu mir rüber, und man sieht, er hat einen Gedanken.

Diese Fotos hatte ich längst vergessen. Je mehr Zeit vergeht, desto größer wird der Verlust. Mein Vater fehlt mir eigentlich nur selten, weil ich gar nicht mehr richtig weiß, wie es war, mit ihm zusammen zu sein.

Ich habe vergessen, wie es sich angefühlt hat, wenn er mich streichelte oder in den Arm nahm, aber ich weiß, ich hatte irgendwie darum gebettelt, wenn er es tat. Ich hatte mich an ihn geworfen, ihn geküsst, mich an sein Bein geklammert, mit meinen Augen sein Gesicht, seinen Blick, seinen Bart und seine Haare fixiert, seine Arme und Hände. Ich war ganz versessen auf Kontakt zu ihm. Ich wollte ihm nah sein, das Nächste, dass er mich unendlich liebte und mir alles glaubte. Doch so funktionierte mein Vater nicht. Er hatte ganz andere, ganz eigene Bedürfnisse, von denen ich nichts verstand. Es lag immer eine schwankende Entfernung zwischen uns, aus der es mir unmöglich war einzuschätzen, ob er als Nächstes lachen, weinen oder um sich schlagen würde. Er war für mich nie richtig greifbar. Bis er schließlich vollständig verschwand. Ich frage mich, wie man jemanden liebt, der nicht da ist.

Die einzige Wahrheit über meinen Vater, die ich nach seinem Tod sicher zu kennen glaubte, war meine Schuld daran, dass er sterben musste. Weil ich es nicht verhindert hatte. Ich hielt mich daran fest, wie früher an meinem Vater. Nicht nur, weil es das war, was ich wirklich empfand, weil ich erfüllt war von Scham und Hass und Ekel über mein eigenes Verhalten, darüber, dass ich ihn da nicht rausgeholt, mit zu mir genommen hatte, dass ich an dem Tag in Zollfeldt, an dem ich ihn das letzte Mal sah, nicht bei ihm geblieben, sondern in das Auto und dann in den Zug gestiegen und einfach weggefahren war. Sondern auch, weil es als die letzte Möglichkeit erschien, das zu ergattern, wovon ich mir immer schon das Größte versprochen hatte: Bedeutung für ihn zu haben. Ich schrieb mir, ohne ihn zu fragen, eine Schlüsselrolle in seinem Leben zu.

Erst seit einigen Monaten kommt es mir so vor, als würde die Schuldfrage verblassen. Die Notwendigkeit einer Antwort. Als könnte ich, wie so vieles, auch das nicht über meinen Vater wissen. Ich glaube, es ist einfach so.

Nach längerem Aufschieben habe ich die Briefe und Karten gelesen, die mir mein Vater, nachdem ich ausgezogen war, über die Jahre hinweg an meine wechselnden Adressen geschickt hatte.

Einen Teil der Briefe hatte er geschrieben, um mir

Formulare fürs BAföG-Amt, Bürgschaften oder eine neue Krankenversichertenkarte zukommen zu lassen. Einige der Grußkarten hatte er an Weihnachten und Geburtstagen, die meisten an Ostern geschickt, und sie mit *Mama und Papa* unterschrieben.

Eine Klappkarte, auf der eine pastellfarbene Hügellandschaft abgebildet ist – zwei Häuser auf einem, zwei Häuser auf einem anderen Hügel, im Vordergrund ein von Blumen umrahmter See neben einem Baum –, hatte er mir in einem Abstand von drei Tagen gleich zweimal geschickt und sich darin unter anderem für sein Verhalten während eines vorangegangenen Telefonats entschuldigt, hoffend, ich könne ihm verzeihen.

Zwei Briefe stammen aus der Zeit kurz vor seiner ersten Einweisung in die Psychiatrie, als er nicht mehr schlafen konnte und sein Leben, wie er schrieb, zu einem *Scherbenhaufen* zusammengebrochen sei.

Einen Brief hatte er mir aus der Klinik für Psychiatrie und Psychotherapie der Charité am Hindenburgdamm geschrieben, als Absender Vor- und Nachnamen und *Steglitz*, den Vornamen mit einem Punkt abgekürzt. Die Schrift extrem klein und zittrig, kaum erkennbar als seine. Ein schwarzer Kugelschreiber. Die Einsicht, er könne *die Uhr nicht zurückdrehen*.

In einem Brief erzählte er von seinem und Mutters Polterabend, der Hochzeitsfeier, Rons und meiner Geburt, und so weiter. Wie es ihm und Mutter damals gegangen sei. Dass sie sich geliebt hätten. Dass sie glücklich und auch, dass wir Wunschkinder gewesen seien.

Oft schrieb er nach einem unserer Gespräche oder Telefonate, weil ihm noch etwas eingefallen war oder ihn etwas daran nicht zur Ruhe kommen ließ. Ich weiß, dass ich immer sehr schnell und bestimmt mit ihm gesprochen habe, so, als hätte ich keinerlei Zweifel. Dass ich ihn provozierte und auch unverschämt wurde, wenn ich den Eindruck bekam, ich sei ihm zu viel. Ich erinnere mich daran, dass mich während eines seiner Krankenhausaufenthalte eine Ärztin anrief und mir sagte, mein Vater habe auf die Frage danach, was ihn so unglücklich mache, geantwortet, es sei die Beziehung zu seinen Söhnen. Die Ärztin bat mich, weniger fordernd zu sein, meinem Vater nicht den Eindruck zu vermitteln, er sei schwach oder dumm. Ich solle mich ihm zuliebe *ein bisschen zurücknehmen*. Er fühle sich *oft auch ziemlich unsicher* in meiner Gegenwart, weil er *gewisse Erwartungen* nicht erfülle beziehungsweise nicht erfüllen könne, das sei jedenfalls, was er denke, schrieb mein Vater mir, genau vier Monate bevor er sich umbrachte, in die zweite der Klappkarten mit der Hügellandschaft. Jedes Datum, das er in die obere rechte Ecke gesetzt hatte, lese ich heute als Abstandsangabe zu seinem Tod.

Ich kann mich nicht erinnern, ob ich ihm jemals geantwortet habe. Ich war häufig enttäuscht und wütend, wenn es nur um Formalitäten ging, wenn er Floskeln benutzte, wenn er von Mutter sprach und Verständnis für sie aufbrachte. Wenn er sagte, dass er mich nicht verstehe oder nicht wisse, wie er mir helfen könne. Ich gierte nach den Stellen, an denen er sagte, dass er mich lieb hatte, an mich dachte oder mich umarmte, aber häufig gab es diese Stellen nicht.

Die Briefe wieder zu lesen, fühlte sich an, als wäre mein Vater zurück, auferstanden, aber er reagierte nicht, nahm nichts wahr, es war zwecklos, Kontakt zu ihm aufzunehmen. Ich dagegen konnte ihn wahrnehmen. Seine Gedanken, seine Fragen, seine Hand, die sich über das Papier bewegt hatte. Die Tatsache, dass er mich ansprach. *Mein lieber Mario*, oder *Mein kleiner Mario*, oder *Mein lieber Junge*. Die Mühe. Dass er versucht hatte, Verbindung aufzunehmen, auch wenn es vielleicht nicht gelingen würde. Dass er es immer wieder getan hatte. Dass er Briefmarken auf Umschläge geklebt, Umschläge in Postkästen geworfen hatte. Dass er mir schrieb, es habe gestern geschneit, morgen stehe ein Tanzabend bevor, und ein früherer Schulfreund von mir lasse Grüße ausrichten. Dass er fast zwei Jahrzehnte damit zugebracht hatte, mir zu sagen, er wisse nicht, was eigentlich mit mir los sei. Warum ich mich selbst so unglücklich mache. Dass es ihm leidtue, wenn ich mich quäle, dass er wisse, auch er habe irgendwie dazu beigetragen. Dass nun die Dinge aber seien, wie sie seien, er jedoch hoffe, bald würde alles besser werden. Das Bild, das er von mir gehabt hatte, war da, und das gesamte Konstrukt seiner Liebe, dieses weiche, wackelige Ding, das nicht mal ihn selbst hielt, auf dem man sich nicht abstützen und von dem man nicht abspringen konnte, das in gewisser Weise ganz unverbunden dastand oder wegsickerte, und hätte man es nicht so dringend gebraucht, wäre man nicht so dringend darauf angewiesen gewesen, hätte man es sicher einfach sein lassen können, wie es war, hätte man es sicher in Ruhe gelassen. Es war ja Etwas. Aber es reichte nicht. Oder es reichte, aber nicht zum Leben für uns alle, für ihn selbst, Ron und mich.

Und so befanden wir uns in meiner Küche, mein toter Vater, der nicht müde wurde, mich anzusprechen, und ich, der gar nicht zu versuchen brauchte, ihm zu antworten.

Es gibt eine Karte ohne Umschlag und Anschrift, von der ich nicht weiß, ob er sie mir persönlich gab oder ob ich den Umschlag einfach nur verlegt habe. Er schrieb sie nach einem Weihnachten, an dem er nur über die Feiertage nach Hause gelassen worden war, ich glaube, ein Jahr bevor er starb. Sie ist violett umrahmt, darin eine Winterlandschaft auf einem Gemälde an der Wand und ein weihnachtlich gedeckter Tisch, an dem auf einem Stuhl ein Teddybär sitzt, der zweite Stuhl ist leer. Mein Vater schrieb auf die Adresszeile: *An meinen Mario.* Und dann: *Mein lieber Mario, mein lieber kleiner Junge, ich möchte immer für Dich da sein und nie Dir mehr weh tun und Dich verletzen! In Liebe Dein Papa Ich bin so froh das Du gekommen bist. Tschau Tschau*

Im Traum befinden mein Vater und ich uns auf einem Campus. Er trägt wieder die langen Haare. Ich habe zwei Veranstaltungen, er nur eine, und als wir uns trennen, um in die Seminarräume zu gehen, ist er bedrückt oder reserviert und sagt stockend, ich wisse hoffentlich, dass trotzdem nicht alles wieder gut sei, und ohne zu zögern sage ich: *Ja, ich weiß.*

Meine erste Veranstaltung ist vorbei, und gleich beginnt schon die nächste. Dazwischen versuche ich, meinen Vater zu finden, um ihn zu fragen, ob er mich mit dem Auto mitnehmen, ob er eine Stunde auf mich warten würde, damit wir gemeinsam nach Hause fahren, länger zusammen sein könnten, und da ist eine Angst, ihn später vielleicht zu verpassen. Aber ich werde aufgehalten.

Ich habe nicht mal mehr fünf Minuten Zeit, und der Campus ist total verschachtelt, aber dann sehe ich ihn, renne auf ihn zu, stehe ihm schließlich gegenüber, und da sagt er es noch mal: *Du weißt aber, dass nicht alles wieder gut ist?* Und dass er nicht wisse, wie er sich mir gegenüber fühlen oder verhalten solle, weil ich doch teilweise so abweisend oder gemein oder komisch zu ihm sei, ich habe das genaue Wort vergessen. Und dann stelle ich irgendetwas ab, um seine beiden Hände zu nehmen und ihm zu sagen, dass ich ihn aus tiefstem Herzen liebe, es sieht fast so aus, als würde ich ihm einen Antrag machen, und ich sehe ihm in die Augen dabei, ich sehe seinen Blick ohne Vertrauen, und dann ist der Traum vorbei.

Vor ein paar Wochen stand Mutter vor der Haustür, abends gegen acht oder neun. Weil man von der Straße aus das Küchenlicht sehen kann, war klar, dass ich zu Hause war, also musste ich sie reinlassen. Ich hatte mir gerade was zu essen gemacht, und da saßen wir dann. Mutter trank ein Glas Wasser, und ich betrachtete den Teller, der vor mir stand.

Sie sei in der Gegend gewesen, sie habe mal wieder reinschauen wollen. Es fiel mir schwer, zu lächeln, aber ich bemühte mich, zu plaudern. Eine halbe Stunde verging, die mir vorkam wie eine ganze Abendveranstaltung, und dann zog sie plötzlich das kleine braune, mit Tesafilm wieder und wieder reparierte Schächtelchen aus der Jackentasche, das ich sofort als das Schächtelchen erkannte, in dem sich früher die Eheringe meiner Eltern befunden hatten. Sie hielt es mir hin. Ich nahm und öffnete es.

In einem Spalt, der sich aus zwei mit dunkelbraunem Samtimitat überzogenen Schaumstoffkissen ergab, klemmte Mutters Ehering, der gleiche dunkelgoldene Ring mit blattförmigen Gravuren, den ich, solange er lebte, am Finger meines Vaters studiert hatte, der mit den Jahren in seinen Finger geradezu eingewachsen war, der irgendwann in einem Schmuckgeschäft losgeschnitten werden musste, anders wäre er nicht vom Finger zu holen gewesen. Mutter hatte ihren Ring nur an Sonn- oder Feiertagen getragen, er störe sie bei der Arbeit, oder sie versuche, ihn zu schonen.

Ich nahm den Ring aus dem Spalt, und für den Bruchteil einer Sekunde schaffte ich es, Mutter in die von roten Adern durchzogenen Augen zu sehen, die jetzt anfingen, zu glänzen. Sie sagte: *Ich brauche meinen ja nicht mehr,* und griff schon nach einem Stofftaschentuch, das in ihrem Ärmel steckte, um sich die Augen zu reiben und die Nase zu putzen. Ich sagte auch etwas, aber ich weiß nicht mehr, was. Jedenfalls fügte sie hinzu, man könne den Ring ändern lassen, und ich erwiderte: *Ja, ich weiß.*

Kurz darauf leerte sie ihr Glas und stand auf. Im dunklen Hausflur bedankte ich mich für den Besuch und sah ihr nach, während sie die Treppe runterging, so klein und dünn, wie sie mittlerweile ist, fast wäre ich zu ihr hin, um sie zu stützen, aber ich tat nichts, trat nur wieder in die Wohnung. Für ein paar Minuten starrte ich die Tür, den hellbraunen Lack, den Spion und das Vorhängeschloss an. Und dann ging ich zurück in die Küche, um zu essen.

In Zollfeldt stehen auf dem Dachboden zwischen von Spinnweben verhangenen, eingestaubten Schränken, Plastiksäcken, Elektrogeräten, Stehlampen und Umzugskartons, die ich unzählige Male auf der Suche nach irgendetwas, das ich niemals fand, durchkramt und dann schlachtfeldartig hinterlassen hatte, auch Kisten, die Mutter beschriftet haben musste. *Christian, Ron, Mario.*

Als ich sie das erste Mal sah, drei Kisten nebeneinander am Treppenaufgang, war mein Vater schon lange nicht mehr da, und kurz kam mir der Gedanke, dass Mutter uns alle nun losgeworden war, auch Ron und ich wären jetzt sowas wie tot, jedenfalls für sie oder einfach dort in Zollfeldt.

Es gibt Leute, die sagen, sie hätten ein bestimmtes Leben hinter sich gelassen und dann ein anderes angefangen. Darüber habe ich schon oft nachgedacht.

In den meisten Fällen ist das natürlich eine Übertreibung, es haut ja kaum einer wirklich ab, brennt durch oder taucht unter und so weiter. Die meisten meinen einfach eine Trennung oder einen Umzug, einen Jobwechsel, die Hinwendung zu Gott oder einer Sekte oder einem neuen Hobby. Dass jemand clean oder trocken geworden ist.

Als Kind habe ich den Unterschied nicht kapiert, ich habe einfach gedacht, dass es möglich wäre, mein Leben zu tauschen. Mit fünfzehn dachte ich, mein Leben beginne mit dem Wegziehen aus Zollfeldt. Während des Studiums dachte ich, es beginne mit einem Job. In den ersten fünf, sechs Jahren in Berlin glaubte ich an gar kein Leben. Und als ich Berlin verließ, glaubte ich, dass ich gerade erst zu leben begonnen hätte.

Ich bin dabei wohl immer derselbe gewesen, nur mein mieses Gedächtnis hat es über die Jahre möglich gemacht, mir immer wieder einzubilden, nichts wäre wie zuvor, es gäbe ein besseres und ein schlechteres, ein richtiges und ein falsches Leben, und ich befände mich entweder im einen oder im anderen.

Dass ich nicht trinken sollte, weiß ich, seitdem ich damit angefangen habe. Es ist die älteste Story, die ich kenne. Dass das Trinken keine Familie und auch kein Freund ist, nur einfach immer da. Trotzdem hänge ich krampfhaft fest an der Idee, als wäre es ein körperlicher Reflex. Und das ist es natürlich auch.

In einem Buch habe ich gelesen, dass es bei den Anonymen Alkoholikern einen Grundsatz oder einen Ehrenkodex gibt, demzufolge ein Betrunkener, der zu einem Meeting erscheint, niemals rausgeworfen werden darf. Man fände immer eine Möglichkeit, dass er bleiben könne. Man fände immer eine Möglichkeit.

Heute Morgen stand ich in der Küche am Fenster und beobachtete die Leute auf der Straße. Neben dem Späti lehnte im Rahmen der offenen Glastür, gelangweilt oder genervt, die Köchin des österreichischen Restaurants, und vor ihr wankte ein Mann, der in einer andauernden Wiederholung festhing, in der er wegsackte und wieder hochfuhr, dann einen Schluck aus einer Flasche Smirnoff Ice nahm, die neben ihm auf dem Boden stand, dann zu singen begann, zu flehen oder zu betteln, einen kläglichen Versuch zu starten, an der Köchin vorbei in den Laden zu kommen, es aufzugeben, zu heulen, wieder wegzusacken, hochzufahren, und so weiter. Er schien vollkommen daneben und entkräftet zu sein, vielleicht hatte er irgendwas eingeworfen, oder er war einfach besoffen, es war nicht so genau zu erkennen, jedenfalls hatte er nichts bei sich außer der Flasche und einer Bäckertüte, die er festhielt.

Die Köchin hielt ein Telefon ans Ohr und rief vermutlich die Polizei, während ein Lieferant einen Rollwagen vor den Laden schob und an beiden vorbei ein paar Kisten hineinschleppte. Ich rätselte ein bisschen herum, was der Mann wohl wollte oder brauchte, vielleicht hatte er hier vor Kurzem einen Job verloren, oder er war der Ex-Mann oder der Bruder der Köchin, oder der Besitzer schuldete ihm Geld, oder er hatte einfach Hunger. Was auch immer ihm fehlte, die Köchin wollte es ihm nicht geben, schien stattdessen nur noch auf das Geräusch der Polizeisirene zu warten, das dann auch schon zu hören war.

Erst als die vier Polizisten und Polizistinnen ihn umstellt hatten, reagierte der Mann, drehte sich ihnen zu und von der Glastür weg, die die Köchin mittlerweile geschlossen hatte, um ein paar Meter weiter eine andere Glastür zu öffnen, die sie nun putzte. Ich konnte nicht hören, was gesagt oder gefragt wurde, aber der

Mann schien eine Art Antwort zu geben, und dabei fing er wieder an zu heulen. Er ließ die Bäckertüte fallen. Einer der Polizisten ging rüber zur Köchin und ließ sich zwei Stücke Haushaltspapier geben, die er dann dem Mann reichte, damit er sich die Tränen und den Rotz aus dem Gesicht wischen konnte.

Ich stellte mir vor, wie der Mann in der Nacht oder gestern schon, im Laufe des Tages, aufgewacht, aufgestanden und dann zu dem Entschluss gekommen war, diese oder jene Unterwäsche, diese Hose, dieses T-Shirt, diese Jacke und diese Mütze anzuziehen und aufzusetzen. Diese unschuldigen Vorgänge in seinem Kopf. Wie er sich etwas davon versprochen hatte, zum Beispiel irgendjemandem zu gefallen. Und wie er dann in seiner Wohnung gestanden, eine Bahn gezogen, ein Bier oder einen Kaffee getrunken hatte, oder alles zusammen. Wie sich schlagartig eine Aufregung in ihm breitgemacht hatte, als wäre ein Blitz in ihn gefahren, der ihn mit Hoffnung und Erwartungen und Mut füllte. Wie er so schließlich auf die Straße gegangen war. Und jetzt war er hier.

Ich stand am Fenster und wurde richtig traurig, während eine Polizistin seine Personalien prüfte und man ihn schließlich aufforderte zu gehen. Ein Polizist zeigte nach links. Ein anderer hielt ihm immer wieder die Bäckertüte hin, die er erst festhielt, nachdem sie noch drei Mal runtergefallen war. Dann, den Mann in ihrer Mitte quasi schiebend, bewegten sich alle geschlossen weg, vom Restaurant rüber zum Späti und von dort aus um die Ecke, wo ich sie nicht mehr sehen konnte.

Alle paar Tage nehme ich einen Zug raus aus der Stadt, fahre noch zwanzig Minuten mit dem Fahrrad und steige dann an einem sandigen Uferstück in den etwas abgelegenen Unterlauf eines Flusses, der tief in den Südosten Brandenburgs führt. Ich habe dort auch im Sommer noch nie jemanden getroffen.

Das Wasser ist so klar, dass ich Fische zwischen meinen Beinen sehen kann. Ich schwimme etwa bis zur Mitte, wo in meiner Vorstellung der Fluss am tiefsten ist, und fange an zu tauchen. Ich steige auf und tauche noch mal. Steige auf und tauche wieder. Einfach, bis ich nicht mehr kann.

Ich würde sagen, ich fühle mich, als stünde ich mit zerbeulten Koffern an einem Bahnsteig. Es ist die letzte Station, ich kann unendlich weit sehen, aber nichts ist zu erkennen, nur eine wüstenähnliche braune Fläche jenseits der Gleise und ein diffuser Farbverlauf am Horizont. Es ist früh am Morgen, es wird langsam wärmer. Ich ziehe mir etwas aus und beschließe, noch ein bisschen zu laufen. Ich überlege, die Koffer stehen zu lassen, aber dann nehme ich sie doch mit, und überraschenderweise sind sie ganz leicht. Ich versuche, mich daran zu erinnern, was ich gepackt habe, aber es fällt mir nicht ein. Ich denke, vielleicht sind die Koffer leer. Und dann muss ich lachen, nicht laut, man kann es wahrscheinlich nicht hören, aber in meinem Gesicht, schätze ich, ist es doch sowas wie sichtbar.

Ich sitze mit Edda am zugefrorenen Schäfersee. Sie hält meine kalte Hand, in der anderen halte ich Radler und Kippe.

Ich habe ihr alles erzählt, was ich über meinen Vater und über P. erzählen konnte. Oder was mir eingefallen ist. Es kommt mir fast so vor, als hätte ich ihr ein ganzes Buch vorgelesen, mein Körper vibriert. Sie sagt nichts, atmet nur dünne Dampfschwaden aus und sieht sich den See mit mir an.

Das Bild, das ich auf die Wand des Hauses gesprüht habe, in dem P. gewohnt hat, ist nicht mehr da. Ich wollte es Edda zeigen, man hätte es von hier aus erkennen müssen, aber es gibt nicht mal mehr eine Spur davon.

Von Herzen kommender Dank
an *Ground Brain Productions,* sowie
an Tommy und Oli.

Quellennachweis

S. 24: *Spiralen der Erinnerung* (Titel des Albums von Justus Köhncke, *Spiralen der Erinnerung,* 1999; aus dem Lied *Wieviel Menschen waren glücklich, daß du gelebt?* von Hildegard Knef aus dem Album *Knef,* 1970: «... Und du gleitest durch Spiralen der Erinnerung ...»)

S. 139: *Dass ich im dunklen Spiegel seines Lebens meine eigenen Umrisse erkennen konnte, wahrnehmen, dass es mich noch gab.* (In Anlehnung zitiert aus dem Vorwort in Gabor Maté, *Im Reich der hungrigen Geister*: «Auch wenn sie scheinbar einen Weg ins Nichts gewählt haben, haben sie uns anderen noch viel beizubringen. Im dunklen Spiegel ihres Lebens können wir unsere eigenen Umrisse erkennen.»)